os doze dias de
DASH & LILY

Obras dos autores publicadas pela Galera Record

David Levithan e Rachel Cohn
Nick & Norah: Uma noite de amor e música
Naomi & Ely e a lista do não beijo
O caderninho de desafios de Dash & Lily
Os doze dias de Dash & Lily

David Levithan
Todo dia
Outro dia
Algum dia

Will & Will (com John Green)
Garoto encontra garoto
Dois garotos se beijando
À primeira vista
Me abrace mais forte
Invisível (com Andrea Cremer)

Rachel Cohn
Cupcake

DAVID LEVITHAN E RACHEL COHN

os doze dias de
DASH & LILY

Tradução
Mel Lopes

1ª edição

— **Galera** —
RIO DE JANEIRO
2022

REVISÃO
Jorge Luiz Luz de Carvalho
Neuza Costa

ILUSTRAÇÃO DE CAPA
Carmell Louize

DESIGN DE CAPA
Leonardo Iaccarino

TÍTULO ORIGINAL
Twelve Days of Dash and Lily

CIP-BRASIL. CATALOGAÇÃO NA PUBLICAÇÃO
SINDICATO NACIONAL DOS EDITORES DE LIVROS, RJ

L647d   Levithan, David, 1972
         Os doze dias de Dash e Lily / David Levithan, Rachel Cohn; tradução Mel Lopes. – 1. ed. – Rio de Janeiro : Galera Record, 2022.

         ISBN 978-65-5587-175-3

         1. Ficção americana. I. Cohn, Rachel. II. Lopes, Mel. III. Título.

21-79741   CDD: 813
                         CDU: 82-3(73)

Gabriela Faray Ferreira Lopes – Bibliotecária – CRB-7/6643

Copyright © 2020 by Rachel Cohn and David Levithan

Todos os direitos reservados.
Proibida a reprodução, no todo ou em parte, através de quaisquer meios.
Os direitos morais dos autores foram assegurados.

Texto revisado segundo o Acordo Ortográfico da Língua Portuguesa de 1990.

Direitos exclusivos de publicação em língua portuguesa
somente para o Brasil adquiridos pela
EDITORA GALERA RECORD LTDA.
Rua Argentina, 120 - Rio de Janeiro, RJ - 20921-380 - Tel.: (21) 2585-2000,
que se reserva a propriedade literária desta tradução.

Impresso no Brasil

ISBN 978-65-5587-175-3

Seja um leitor preferencial Record.
Cadastre-se e receba informações sobre nossos
lançamentos e nossas promoções.

Atendimento e venda direta ao leitor:
sac@record.com.br

Para E. L. Konigsburg
*(por nos enviar para nossa primeira aventura
ficcional em Nova York)*

Os 12 dias do Natal*

No primeiro dia do Natal, meu verdadeiro amor me deu
1 perdiz em um pé de pera

No segundo dia do Natal, meu verdadeiro amor me deu
2 rolinhas e 1 perdiz em uma pereira

No terceiro dia do Natal, meu verdadeiro amor me deu
3 galinhas francesas, 2 rolinhas e 1 perdiz em uma pereira

No quarto dia do Natal, meu verdadeiro amor me deu
4 pássaros canoros, 3 galinhas francesas, 2 rolinhas e 1 perdiz em uma pereira

No quinto dia do Natal, meu verdadeiro amor me deu
5 anéis dourados, 4 pássaros canoros, 3 galinhas francesas, 2 rolinhas e 1 perdiz em uma pereira

No sexto dia do Natal, meu verdadeiro amor me deu
6 gansos chocando, 5 anéis dourados, 4 pássaros canoros, 3 galinhas francesas, 2 rolinhas e 1 perdiz em uma pereira

---

* *The 12 Days of Christmas* é uma cantiga natalina tradicional nos países de língua inglesa, publicada pela primeira vez na Inglaterra em 1780. Trata-se de uma canção cumulativa, ou seja: a cada estrofe repetem-se versos da estrofe anterior. Os 12 dias compreendem o período entre o Natal e a Epifania do Senhor ou Noite de Reis, podendo ser de 25 de dezembro a 5 de janeiro ou de 26 de dezembro a 6 de janeiro.

No sétimo dia do Natal, meu verdadeiro amor me deu
7 cisnes nadando, 6 gansos chocando, 5 anéis dourados,
4 pássaros canoros, 3 galinhas francesas, 2 rolinhas e 1 perdiz
em uma pereira

No oitavo dia do Natal, meu verdadeiro amor me deu
8 servas tirando leite, 7 cisnes nadando, 6 gansos chocando,
5 anéis dourados, 4 pássaros canoros, 3 galinhas francesas,
2 rolinhas e 1 perdiz em uma pereira

No nono dia do Natal, meu verdadeiro amor me deu
9 senhoras dançando, 8 servas tirando leite, 7 cisnes nadando,
6 gansos chocando, 5 anéis dourados, 4 pássaros canoros,
3 galinhas francesas, 2 rolinhas e 1 perdiz em uma pereira

No décimo dia do Natal, meu verdadeiro amor me deu
10 lordes saltando, 9 senhoras dançando, 8 servas tirando
leite, 7 cisnes nadando, 6 gansos chocando, 5 anéis dourados,
4 pássaros canoros, 3 galinhas francesas, 2 rolinhas e 1 perdiz
em uma pereira

No décimo primeiro dia do Natal, meu verdadeiro amor me deu
11 flautistas tocando flauta, 10 lordes saltando, 9 senhoras
dançando, 8 servas tirando leite, 7 cisnes nadando, 6 gansos
chocando, 5 anéis dourados, 4 pássaros canoros, 3 galinhas
francesas, 2 rolinhas e 1 perdiz em uma pereira

No décimo segundo dia do Natal, meu verdadeiro amor me deu
12 tamboreiros batendo tambor, 11 flautistas tocando flauta,
10 lordes saltando, 9 senhoras dançando, 8 servas tirando
leite, 7 cisnes nadando, 6 gansos chocando, 5 anéis dourados,
4 pássaros canoros, 3 galinhas francesas, 2 rolinhas e 1 perdiz
em uma pereira

um

–Dash–

Uma pera em um pé de perdiz
Sábado, 13 de dezembro

Eu estava namorando Lily havia quase um ano e, por mais que tentasse, não conseguia fazer o irmão dela gostar de mim, confiar em mim ou sequer pensar que eu fosse minimamente digno de sua irmã. Então foi um choque quando ele disse que queria me encontrar para almoçar, só nós dois.

Tem certeza de que escreveu para o número certo?, respondi a ele por mensagem.

Não banque o idiota. É só aparecer lá, ele escreveu.

O mais assustador era que, mesmo que eu tentasse negar, sabia por que ele queria me encontrar e o que pretendia falar.
Ele ainda tinha dúvidas a meu respeito, mas não de que havia um problema.

Foi um ano difícil.

Não no início. No início eu me vi agarrado a termos plebeus, como *incrível!* e *excelente!*. Porque o Natal e o Ano-Novo me trouxeram algo diferente do consumismo e da depressão pós-consumismo de sempre. O início deste ano me trouxe Lily, a luminosa e crédula Lily. A existência dela foi o suficiente para tornar mais plausível a ideia de um cara gordo benevolente em um traje vermelho e um trenó turbinado. Para me alegrar quando o deus do tempo entregou as chaves ao ano recém-nascido e disse: *Toma, dirija isto aqui*. Ela era o suficiente para me deixar um pouco cético em relação ao meu próprio ceticismo. Começamos o ano dando uns amassos na sala de livros raros da Strand, nossa livraria favorita. Parecia ser um presságio de que coisas boas estavam por vir.

E foi. Por um tempo.

Ela conheceu meus amigos. Foi ótimo.

Conheci muitos membros da sua, aparentemente infinita, família. Foi razoável.

Ela conheceu meus pais e padrastos. Eles ficaram confusos: como a nuvem cinzenta que era o filho deles poderia ter trazido para casa aquele raio de sol? Mas não estavam reclamando. Na verdade, ficaram um pouco admirados, no mesmo nível que os nova-iorquinos costumam reservar para um bagel perfeito, uma corrida de táxi de cinquenta quarteirões sem nenhum sinal vermelho e aquele filme em cada cinco que o Woody Allen acerta.

Conheci o amado vovô de Lily. Ele gostou do meu aperto de mãos e disse que era tudo o que precisava saber de mim para me aprovar. De qualquer forma, procurei mais aprovação, porque aquele era um homem cujos olhos brilhavam quando narrava um jogo de beisebol ocorrido cinquenta anos atrás.

Langston, o irmão de Lily, precisava de mais persuasão. Na maior parte do tempo, ele nos deixava sozinhos. Eu não me importava. Eu não estava namorando Lily para ficar com o irmão dela. Estava namorando Lily para ficar com Lily.

E eu *ficava* com Lily. Nós não estudávamos na mesma escola, nem morávamos no mesmo bairro, então fizemos de Manhattan nosso playground, perambulando pelos parques congelados, nos refugiando nas cafeterias Think Coffee e em todas as salas de cinema disponíveis no IFC Center. Mostrei a ela meus cantos favoritos da Biblioteca Pública de Nova York. Ela me mostrou sua sobremesa favorita no Levain... que eram basicamente todas elas.

Manhattan não se incomodava nem um pouco com nossas andanças.

Janeiro virou fevereiro. O frio começou a penetrar nos ossos da cidade. Era mais difícil avistar sorrisos. A neve que fascinava ao cair foi ficando cada vez menos bem-vinda. Vagávamos por aí sob várias camadas de roupa, incapazes de sentir qualquer coisa em primeira mão.

Mas Lily... Lily não se importava. Lily era luvas e chocolate quente e anjos de neve que se erguiam do chão e dançavam no ar. Ela dizia que amava o inverno, e eu me perguntava se havia alguma estação que ela não amasse. Eu me esforçava para aceitar seu entusiasmo como algo genuíno. Minha fornalha mental tinha sido construída para a imolação, não para o calor humano. Eu não entendia como ela podia ser tão feliz. Mas tal era o amor para o qual eu tinha me entregado que decidi não questioná-lo e viver dentro dele.

Então...

Dois dias antes do aniversário de Lily, em maio, eu havia pedido ajuda ao meu melhor amigo, Boomer, para tricotar um suéter vermelho para ela. Estava descobrindo que, não importa quantos vídeos do YouTube você assista, não dá para tricotar um suéter vermelho em uma única tarde. O telefone tocou e eu não ouvi. Então o telefone tocou de novo e minhas mãos estavam ocupadas. Apenas duas horas depois eu vi quantas mensagens havia recebido.

Quando, enfim, escutei as mensagens de voz, fiquei sabendo que o amado vovô de Lily sofreu um leve infarto em um momento particularmente ruim, quando estava subindo as escadas até o apartamento deles. Ele caiu. E caiu. E ficou lá por pelo menos meia hora, quase inconsciente, até que Lily chegou em casa e o encontrou. A ambulância levou uma década para aparecer. Enquanto ela observava, ele perdeu a consciência. Enquanto ela observava, eles o ressuscitaram. Enquanto ela esperava, incapaz de observar, ele cambaleou, até que aterrissou por muito pouco no lado certo da vida.

Os pais dela estavam em outro país. Langston estava em aula, sem permissão para mexer no celular. Eu estava muito ocupado, tricotando seu presente surpresa, para perceber que ela estava ligando. Ela ficou sozinha na sala de espera do hospital New York-Presbyterian, prestes a perder algo que nunca achou que um dia poderia perder.

O vovô sobreviveu, mas levou muito tempo para se recuperar. Ele sobreviveu, mas muitas das etapas foram dolorosas. Ele sobreviveu porque ela o ajudou a sobreviver, e essa ajuda teve um preço. A morte dele teria sido terrível, mas vê-lo sofrer continuamente, frustrar-se continuamente, era quase tão ruim quanto.

Os pais dela voltaram para casa. Langston sugeriu trancar a faculdade. Eu tentava estar presente. Mas aquilo era com ela. Vovô era responsabilidade sua; ela não via outra opção. E ele estava com muita dor para discutir. Eu não poderia repreendê--lo — dentre todos nós, era ela quem eu escolheria para me ajudar a andar de novo. Quem eu ia querer que me trouxesse de volta à vida. Mesmo que a vida não parecesse, para ela, tão cheia de esplendor quanto antes.

Os mais crédulos sempre sofrem mais quando as coisas dão errado. Ela não queria falar sobre o assunto, e eu não tinha as palavras necessárias para fazê-la ver aquilo de outra maneira. Ela disse que queria que eu fosse o lugar para onde ela escapava, e fiquei lisonjeado com isso. Eu a apoiava, mas era o apoio passivo de uma cadeira ou uma pilastra, não o apoio ativo de um ser humano mantendo outro ser humano de pé. Conforme seu avô entrava e saía de hospitais para cirurgias e complicações de cirurgias, entrava e saía das sessões de fisioterapia, ela e eu fomos passando menos tempo juntos — menos tempo vagando pela cidade, menos tempo vagando pelos becos dos pensamentos um do outro.

A época de provas passou em um piscar de olhos, e então o verão chegou. Ela conseguiu uma vaga como voluntária na clínica de fisioterapia e reabilitação que seu avô frequentava, apenas para passar mais tempo com ele e ajudar outras pessoas em necessidade. Eu me senti culpado por ter passado o mesmo período em duas viagens de férias com cada um dos meus pais. Meu pai tentou superar a minha viagem com minha mãe a Montreal com uma excursão malsucedida por Paris. Eu queria gritar com meu pai por me levar a Paris, então percebi como eu parecia um moleque malcriado, gritando com meu pai por me levar a Paris. Acima de tudo, eu queria ficar longe dele, e em casa com Lily.

As coisas melhoraram no início do ano letivo. O vovô tinha voltado a andar e começava a dispensar Lily, para seu próprio bem. Achei que ela fosse ficar aliviada. Ela agiu como se estivesse aliviada, mas ainda havia uma parte dela que sentia medo. Em vez de questionar, no entanto, fui no embalo, pensando que, se a gente fingisse que estava tudo bem, chegaria um momento em que o botão mudaria de uma meia-mentira para mais-do-que-uma-meia-verdade, e então, finalmente, seria a verdade inteira.

Era fácil pensar que estávamos de volta à normalidade, com as aulas a pleno vapor e todos os nossos amigos por perto. Tivemos muitos bons momentos, fomos capazes de passear pela cidade e esquecer a cidade ao mesmo tempo. Havia partes de Lily que eu não estava alcançando, mas havia muitas outras que eu conseguia alcançar. A parte dela que ria da maneira como certos tutores se pareciam com seus cachorros. A parte dela que chorava em programas de TV em que restaurantes destruídos eram renovados. A parte dela que mantinha um pacote de marshmallows veganos em seu quarto para mim, só porque uma vez eu havia dito que gostava muito deles.

Foi somente com a proximidade do Natal que as rachaduras começaram a aparecer.

Antigamente, a época natalina fazia o meu coração se encolher para o tamanho e o peso de um cartão-presente. Eu odiava como as ruas ficavam entupidas de turistas e como o barulho normal da cidade era abafado por desejos clichês. A maioria das pessoas contava os dias até o Natal para fazer suas compras; eu contava os dias para o Natal acabar logo e o inverno mais sombrio e genuíno começar.

Antes não havia espaço no meu coração de soldadinho de chumbo para Lily, mas ela entrou assim mesmo, forçando a passagem. E trouxe o Natal junto.

Veja, não me entenda mal; ainda me parecia muito falso ficar jogando conversa fora sobre generosidade no final de cada ano e desenvolver amnésia assim que a folhinha do calendário vira. A razão pela qual Lily falava de generosidade com propriedade era porque ela demonstrava bondade o ano inteiro. E agora eu era capaz de ver isso em outras pessoas também. Enquanto eu esperava Langston no Le Pain Quotidien, eu enxergava essa generosidade permanente na maneira como alguns casais se olhavam e no jeito como a maioria dos pais (mesmo os mais irritados) olhava para os filhos. Eu via pedaços de Lily em todos os lugares agora. Só que vinha vendo menos deles em Lily ultimamente.

Estava nítido que eu não era o único, porque, no momento em que Langston se sentou, ele disse:

— Olha, a última coisa que eu quero é sair para jantar com você, mas temos que fazer algo, e temos que fazer algo imediatamente.

— O que aconteceu? — perguntei.

— Faltam doze dias para o Natal, certo?

Eu fiz que sim com a cabeça. Era, de fato, 13 de dezembro.

— Bem, faltando doze dias para o Natal, existe um buraco enorme no nosso apartamento. Sabe por quê?

— Cupins?

— Cale a boca. A razão pela qual existe um buraco enorme no nosso apartamento é porque *não temos uma árvore de Natal*. Em geral, Lily nem espera as sobras do Dia de Ação de Graças terminarem para sair correndo em busca de uma árvore. Ela acha que, nesta cidade, as melhores são levadas cedo e, quanto mais você esperar, maior a chance de ficar com uma árvore que não é digna do Natal. Então a árvore é montada antes de 1º de dezembro e ela passa as próximas duas semanas enfeitando. No dia 14, nossa família tem a grande cerimônia de iluminação da árvore. Lily age como se fosse uma antiga tradição familiar, mas a verdade é que ela mesma começou isso quando tinha 7 anos, e agora *parece* uma antiga tradição familiar. Acontece que, neste ano, nada. Nenhuma árvore.

Todos os enfeites ainda estão nas caixas. E a cerimônia de iluminação deveria ser amanhã. A Sra. Basil E. já encomendou o bufê, e eu não sei como dizer a ela que não existe uma árvore para ser iluminada.

Eu entendia o medo dele. No minuto em que sua tia-avó — a quem todos chamávamos de Sra. Basil E. — abrisse a porta do apartamento deles, ela não sentiria o cheiro de uma árvore e não esconderia seu descontentamento com aquela infração.

— Então por que você simplesmente não compra uma árvore? — indaguei.

Langston deu um tapa na própria testa, espantado com a minha estupidez.

— Porque esse é o trabalho de Lily! Isso é o que Lily ama fazer! E, se comprarmos sem ela, vai ser como se estivéssemos ressaltando que ela não fez o que tinha que ser feito, e isso só vai deixá-la pior.

— Verdade, verdade, verdade — disse eu.

A garçonete veio, e nós pedimos bolinhos doces. Acho que nós dois sabíamos que não tínhamos papo suficiente para sustentar uma refeição completa.

Assim que fizemos o pedido, continuei:

— Você perguntou a ela sobre a árvore? Quero dizer, sobre comprar uma?

— Eu tentei — respondeu Langston. — Falei na lata: "Ei, por que não compramos uma árvore?" Sabe qual foi a resposta dela? "Não estou muito no clima agora."

— Isso não é muito a cara da Lily.

— Eu sei! Então concluí que tempos desesperados exigem medidas desesperadas. Foi por isso que te mandei uma mensagem.

— Mas o que eu posso fazer?

— Ela já conversou com você sobre isso?

Mesmo em nossa trégua conversacional, eu não queria que Langston soubesse toda a verdade; que Lily e eu não tínhamos nos falado direito desde o Dia de Ação de Graças. De vez em quando íamos a um museu ou jantávamos fora. De vez em quando nós nos beijávamos ou dávamos uns amassos de leve, mas nada que seria proibido para menores. Aparentemente, ainda estávamos namorando. Mas o namoro não estava nem um pouco aparente.

Não contei esses detalhes a Langston porque estava envergonhado de ter deixado isso acontecer. E porque temia que isso fosse alarmá-lo. Eram os meus alarmes que deveriam estar disparando.

Então, em vez de me aprofundar na questão, eu disse:

— Não, não falamos da árvore.

— E ela não te convidou para a cerimônia de iluminação da árvore?

Fiz que não.

— É a primeira vez que escuto falar disso.

— Foi o que pensei. Acho que as únicas pessoas que estão planejando ir são os membros da família que aparecem todos os anos. Normalmente Lily distribui convites. Mas acho que ela também não estava muito no clima.

— Realmente precisamos fazer alguma coisa.

— Sim, mas o quê? Acho que parece uma traição se eu mesmo for comprar uma árvore — justificou Langston.

Pensei nisso um pouco, e uma ideia me ocorreu.

— Mas e se houver uma brecha? — perguntei.

Langston inclinou a cabeça e me olhou.

— Sou todo ouvidos.

— E se *eu* comprasse a árvore para ela? Como um presente. Como parte do meu presente de Natal para ela. Ela não sabe que eu sei sobre a tradição familiar de vocês. Eu poderia simplesmente me meter e fingir que não sei de nada.

Langston não queria gostar da ideia, porque isso significaria gostar de mim, pelo menos por um minuto. Mas seus olhos cintilaram com um brilho que, por um instante, anulou sua desconfiança.

— Poderíamos dizer a ela que é para os doze dias de Natal, igual na música — sugeriu ele. — Para celebrar o pontapé inicial.

— Mas os doze dias de Natal não vêm *depois* do Natal?

Langston ignorou isso com um gesto da mão.

— É só um detalhe técnico — disse ele.

Eu não tinha certeza se seria tão simples, mas valia a pena tentar.

— Tudo bem — concordei. — Vou levar a árvore. Você finge surpresa. Essa conversa nunca aconteceu. Combinado?

— Combinado.

Nossos pedidos chegaram e mandamos ver. Cerca de setenta segundos depois, terminamos. Langston pegou a carteira — para pagar a conta, imaginei. Mas então ele tentou deslizar algumas notas de vinte na minha direção.

— Não quero seu dinheiro sujo! — exclamei, talvez alto demais para um lugar onde as pessoas enfiavam comida goela abaixo.

— Como é?

— Eu cuido disso — traduzi, devolvendo o dinheiro dele.

— Mas você entende que tem que ser uma árvore bonita, né? A melhor árvore!

— Não se preocupe — assegurei, e então usei uma frase que tem sido a moeda corrente de Nova York desde os dias de outrora: — Eu conheço um cara.

Era quase impossível para os nova-iorquinos irem até as árvores; então, todo mês de dezembro, as árvores vinham até os nova-iorquinos. Mercadinhos que normalmente ostentavam baldes de flores eram subitamente invadidos por bosques de pinheiros inclinados. Árvores sem raízes eram plantadas em terrenos baldios, com alguns estabelecimentos permanecendo abertos até altas horas da madrugada, para o caso de você se dar conta, às duas da madrugada, da necessidade de adquirir o seu espírito natalino.

Alguns desses estabelecimentos que surgiam do nada eram comandados por caras que pareciam ter dado um tempo no tráfico de drogas para tentar outra coisa envolvendo agulhas. Outros eram liderados por sujeitos usando camisas de flanela que davam a impressão de ter saído do interior pela primeira vez na vida e, caramba, como tudo era grande na cidade grande! Muitas vezes eles eram auxiliados por estudantes que precisavam do emprego temporário mais temporário de todos. Naquele ano, um desses estudantes era o meu melhor amigo, Boomer.

Com certeza ele havia experimentado uma curva de aprendizado depois que começou nesse emprego. Ter visto muitas vezes O *Natal do Charlie Brown* o levou a acreditar que o arbusto mais abatido e caquético era o mais desejável, porque cuidar dele tinha muito mais a ver com o espírito natalino do que levar para casa um pinheiro autossuficiente e vigoroso. Ele também achava que as árvores de Natal poderiam ser replantadas assim que o Natal acabasse. Aquela foi uma conversa difícil.

Felizmente, o que Boomer não tinha em matéria de bom senso ele compensava com sinceridade; então, o ponto em que ele estava trabalhando, na Rua 22, tinha se tornado popular no boca a boca, com Boomer como o principal elfo das árvores. Acho que esse reconhecimento bastou para deixá-lo feliz por ter abandonado o internato no último ano para estar em Manhattan. Ele já havia me ajudado a escolher árvores para os apartamentos da minha mãe e do meu pai. (Minha mãe ficou com uma árvore bem mais bonita.) Eu tinha certeza de que ele adoraria a tarefa de escolher a melhor árvore para Lily. Mesmo assim, eu estava hesitante quando me aproximei. Não por causa de Boomer... mas por causa de Sofia.

Além de Boomer ter saído do internato, o novo ano letivo havia trazido algumas novidades com ele. Foi um pouco surpreendente que a família da minha ex-namorada, Sofia, tivesse voltado a morar em Nova York depois de jurar que nunca mais sairia de Barcelona. Não foi nada surpreendente, embora eu estivesse feliz em vê-la, que eu não estivesse tipo "minha ex está de volta e vai dar ruim" porque nós já havíamos resolvido isso na última vez que ela esteve aqui. Mas foi SUPERSURPREENDENTE quando ela começou a sair com Boomer... e sair um pouco mais com Boomer... e sair com ele ainda mais, de modo que, antes mesmo que eu pudesse cogitar a possibilidade, eles estavam tendo *um lance*. Isso era, na minha opinião, como pegar o queijo mais caro e requintado do mundo e derretê-lo para fazer cheeseburger. Eu amava os dois, de maneiras diferentes, e vê-los juntos fazia minha cabeça doer.

A última coisa que eu queria era aparecer no local de trabalho de Boomer e descobrir que Sofia estava lá, para que eles pudessem irradiar suas vibrações de namoro por toda a área metropolitana. Eles estavam no período de lua de mel, e isso deixava constrangido quem tinha deixado a lua de mel para trás e entrado na fase do relacionamento em que as luas eram crescentes e minguantes.

Então foi um alívio encontrar Boomer sem Sofia, mas com uma família de sete, oito ou nove... era difícil dizer, já que as crianças corriam muito rápido.

— *Esta* é a árvore que nasceu para ser de vocês — dizia ele aos pais, como se fosse um incrível encantador de árvores e aquela tivesse lhe contado que a sala de jantar deles era onde sempre quisera estar.

— É tão grande! — comentou a mãe, provavelmente imaginando a chuva de agulhas de pinheiro pelo chão.

— É uma árvore de grande coração, sim — retrucou Boomer. — Mas é por isso que vocês estão sentindo tanta conexão com ela.

— É estranho — disse o pai —, porque realmente estou.

A venda foi concluída. Enquanto Boomer estava passando o cartão de crédito deles, me viu e acenou. Esperei até que a família fosse embora, principalmente porque tinha medo de pisar em uma das crianças.

— Cara, você de fato *pinhorou* a vida deles — observei quando cheguei até ele.

Boomer pareceu confuso.

— Mas eu escolhi uma árvore linda. A vida deles só vai ficar melhor!

— Eu disse *"pinhorou"*. Tipo pinheiro.

— Ah! Você está dizendo que a árvore era tão cara que eles vão ter que penhorar alguma coisa para pagar o pinheiro! E realmente tem uma casa de penhor aqui pertinho. Trato feito!

Para Boomer, essa linha de raciocínio não parecia nem um pouco tortuosa. Em parte, era por isso que eu questionava como alguém tão direta quanto Sofia poderia passar tanto tempo com ele.

— Preciso de uma árvore para Lily. Uma árvore muito especial.

— Você vai comprar uma árvore para Lily?

— Sim. De presente.

— Adoro! E vai comprar onde?

— Aqui...?

— Ah, sim! Boa ideia!

Ele começou a olhar em volta e, ao fazer isso, murmurou algo que soou estranhamente como "Oscar Oscar Oscar".

— Oscar é um de seus colegas de trabalho? — perguntei.

— As árvores contam como colegas de trabalho? Quero dizer, elas estão comigo o dia todo... e nós temos as conversas mais interessantes...

— Oscar é uma das árvores?

— Ele é a árvore perfeita.

— Todas as árvores têm nomes?

— Só as que compartilham o nome comigo. Tipo, você não pode simplesmente *perguntar*. Isso seria invasivo.

Ele empurrou para o lado pelo menos uma dúzia de árvores para chegar no Oscar. E, quando ele puxou Oscar, ele — *aquilo* — parecia igual a qualquer outra árvore para mim.

— É esta? — indaguei.

— Espere, espere...

Boomer arrastou a árvore para longe de suas companheiras, em direção ao meio-fio. A árvore era pelo menos um metro mais alta do que ele, mas ele a carregava como se não fosse mais pesada que uma varinha mágica. Com uma delicadeza estranha, ele a colocou em um suporte de árvore e, assim que ela foi instalada, algo aconteceu: Oscar abriu os braços e acenou para mim sob a luz do poste.

Boomer estava certo. Aquela era a árvore.

— Vou levar — anunciei.

— Legal! — disse Boomer. — Quer que eu embrulhe? Já que é um presente?

Eu o convenci de que uma fita bastaria.

Conseguir um táxi quando você é adolescente já é difícil por si só. Conseguir um táxi com uma árvore de Natal a tiracolo é quase impossível. Então fui resolver algumas coisas até que o expediente de Boomer terminasse para levarmos Oscar num carrinho até o apartamento de Lily no East Village.

Eu não tinha ido lá com muita frequência no ano que passou. Lily dizia que era para que seu avô não fosse incomodado, mas eu achava que era porque eu estaria adicionando mais um elemento ao caos. Seus pais estiveram mais perto do que estiveram em anos — o que deveria ser uma ajuda imensa, mas, em vez disso, parecia ter dado a Lily mais duas pessoas de quem cuidar.

Foi Langston quem abriu a porta e, no minuto em que nos viu com a árvore, exclamou "Uau! Uau! UAU!" tão alto que pensei que era para que Lily ouvisse de onde estivesse. Mas então ele disse que ela e o vovô tinham saído para uma consulta médica de rotina. Seus pais estavam fora porque era sábado, e por que pessoas tão sociáveis estariam em casa no sábado? Então éramos só nós três... e Oscar.

Enquanto o instalávamos em uma base na sala de estar, tentei não reparar em como o apartamento parecia descuidado, como se tivesse passado o último mês tossindo poeira e desbotando. Eu sabia como aquela família funcionava, e sabia que isso significava que vovô estivera fora de serviço e Lily distraída. Eles sempre tinham sido os verdadeiros guardiões do lugar.

Uma vez que Oscar estava acomodado, todo imponente, peguei na minha mochila a *pièce de résistance*, que eu esperava ser irresistível.

— O que você está fazendo? — perguntou Langston enquanto colocava penduricalhos nos galhos de Oscar.

— São perus pequeninos? — Boomer entrou na conversa. — É para ficar igual à árvore que os peregrinos tinham?

— São perdizes — expliquei, segurando um pedaço de madeira esculpida no formato do pássaro, com um grande buraco no centro. — Argolas para guardanapos de perdiz, para ser mais específico. Não havia enfeites de perdiz naquela loja que não consigo pronunciar o nome.

A loja se chamava Lembranças de Natal, o que era o suficiente para me dar vontade de beber Coca-Cola com balas explosivas. Tive que pensar nela como Lambanças de Natal para conseguir entrar.

— Se vamos fazer os doze dias de Natal — continuei —, temos que fazer os doze dias de Natal. Lily pode decorar o resto da árvore. Mas esta vai ser uma árvore de perdiz, um "pé de perdiz". E, no topo, vamos ter... uma pera!

Tirei a referida fruta da bolsa, esperando admiração. Mas a reação foi infrutífera.

— Você não pode colocar uma pera no topo da árvore — contestou Langston. — Vai parecer bobo. E apodrecer depois de um ou dois dias.

— Mas é uma pera! Em um pé de perdiz! — argumentei.

— Entendi — disse Langston.

Enquanto isso, Boomer gargalhava. Ele não tinha entendido.

— Você tem uma ideia melhor? — desafiei.

Langston pensou por um momento e depois disse:

— Sim. — Ele foi até uma pequena fotografia pendurada na parede e a removeu. — Isto.

Ele me mostrou a foto. Embora devesse ter mais de meio século, reconheci imediatamente o vovô.

— É a sua avó com ele?

— Sim. O amor da vida dele. Formavam um belo *par*.

Um par em um pé de perdiz. Perfeito.

Foram necessárias algumas tentativas para conseguir colocar a foto no lugar: eu e Langston experimentando vários galhos, Boomer dizendo a Oscar para ficar parado. Mas posicionamos o par perto do topo da árvore enquanto os pássaros espiavam abaixo.

Cinco minutos depois, a porta da frente se abriu e Lily e o vovô entraram. Mesmo que eu o tivesse conhecido apenas alguns meses antes de sua queda, ainda era surpreendente para mim ver quão pequeno o avô de Lily havia ficado — como se, em vez de ir para hospitais e casas de saúde, ele fosse colocado na lavadora por muito tempo na água quente, voltando mais e mais encolhido a cada vez.

Mas ainda havia o aperto de mãos. Assim que me viu, estendeu a mão e perguntou:

— Como vai a vida, Dash?

E o aperto continuava forte.

Lily não me perguntou o que eu estava fazendo ali, mas a pergunta certamente estava em seus olhos cansados.

— E o médico? — quis saber Langston.

— Uma companhia bem melhor que o agente funerário! — respondeu o vovô.

Não era a primeira vez que eu o ouvia fazer essa piada, o que significava que devia ser a centésima vez que Lily a aturava.

— O agente funerário tem mau hálito? — perguntou Boomer, invadindo o corredor.

— Boomer! — disse Lily. Agora ela estava mesmo confusa. — O que você está fazendo aqui?

Foi Langston quem interveio:

— Para minha surpresa, o seu Romeu aqui nos trouxe um presente de Natal bem adiantado.

— Venha — disse eu, pegando a mão de Lily. — Feche os olhos. Deixe eu te mostrar.

O aperto de Lily não era como o de seu avô. Antes, quando nossas mãos se tocavam, pareciam gerar impulsos elétricos. Agora era mais como estática. Agradável, mas leve.

Ela fechou os olhos. E, quando chegamos à sala e eu disse a ela que os abrisse, ela abriu.

— Conheça Oscar — anunciei. — Ele é o seu presente do primeiro dia de Natal.

— É um par em um pé de perdiz! — gritou Boomer.

Lily parou para assimilar. Pareceu surpresa. Ou talvez a imobilidade de sua reação fosse mais cansaço. Então algo clicou em sua mente, e ela sorriu.

— Você não precisava... — começou ela.

— Eu queria! — disse rapidamente. — Eu queria de verdade!

— Mas onde está o par? — indagou o vovô. Então ele viu a fotografia. Seus olhos se encheram de lágrimas. — Ah. Eu vi. Ali estamos nós.

Lily viu também, e seus olhos se encheram de lágrimas, sem que caíssem. Eu sinceramente não fazia ideia do que estava acontecendo na cabeça dela. Dei uma olhada em Langston, que a observava com o mesmo afinco, sem obter respostas.

— Feliz primeiro dia de Natal — falei.

Ela balançou a cabeça.

— O primeiro dia de Natal é no Natal — sussurrou ela.

— Não este ano — rebati. — Não para nós.

Langston disse que era hora de buscar os enfeites. Boomer se ofereceu para ir com ele ao mesmo tempo que o vovô fez um movimento para pegar algumas das caixas. Isso chamou a atenção de Lily, que o arrastou até o sofá da sala e disse que este ano ele poderia supervisioná-los. Notei que o vovô não gostou disso, mas ele também sabia que magoaria Lily caso insistisse. Então ele se sentou. Por ela.

Assim que as caixas foram trazidas, eu soube que era hora de partir. Aquela era uma tradição de família, e, se eu ficasse e fingisse ser da família, sentiria cada grama do fingimento, da mesma forma que eu podia sentir o peso de Lily fingindo estar feliz, fingindo querer fazer o que a estávamos incentivando fazer. Ela faria isso por Langston, pelo vovô e pelos seus pais quando voltassem. Se eu ficasse, ela faria até por mim. Mas eu queria que ela quisesse fazer as coisas por si mesma. Queria que ela sentisse todo aquele deslumbramento com o Natal que ela havia sentido no ano passado. Mas para isso seria necessário bem mais que uma árvore perfeita. Talvez fosse preciso um milagre.

Doze dias.

Tínhamos doze dias.

Eu tinha passado a vida inteira evitando o Natal. Mas não naquele ano. Naquele ano, o que eu mais queria era ver Lily feliz de novo.

dois

(Lily)

Duas rolinhas
(em um suéter represanteado)
Sábado, 13 de dezembro

Estou furiosa com o aquecimento global por todos os motivos óbvios, mas em especial por estragar o Natal. Esta época do ano deveria ser de bater os queixos, um clima frio de exigir casacos pesados, cachecóis e luvas. Ao ar livre deveria estar gelado a ponto de sair fumacinha da boca das pessoas, prometendo calçadas cobertas de neve, ao passo que, no interior dos locais, as famílias beberiam chocolate quente junto à lareira, aglomeradas com seus animais de estimação para se aquecerem. Não há melhor precursor do Natal do que um bom arrepio de frio. É com isso que eu conto para dar início à fase de bom humor, músicas alegres, preparo de biscoitos em excesso, reencontros com pessoas queridas e os importantíssimos presentes.

Os dias que antecedem o Natal não deveriam ser como este em seus amenos 20 graus, com consumidores usando shorts e bebendo *lattes* gelados de menta (eca), e jogadores de frisbee vestindo camisetas-regatas e quase causando contusões nas passeadoras de cachorros do Tompkins Square Park com sua pontaria péssima e despreocupada de um dia de primavera. Este ano, o frio não se deu ao trabalho de introduzir o Natal, então, até que o faça, eu não me darei ao trabalho de ficar muito empolgada com a melhor época do ano.

Não havia frio suficiente lá fora, então, em vez disso, eu trouxe a frieza para dentro de mim e a direcionei para Dash, que não merecia.

— Se você tem que ir, então vá — disse acremente.

Acremente. Era um termo tão Dash — obscuro, incognoscível, distante — que parecia estranho que eu o conhecesse. Junto com as outras milhões de obrigações que me sobrecarregavam no momento, havia o tempo de estudo para as provas finais do ensino médio, que me deixavam um gosto *amarescente* na boca. (Tinha alguma maneira de um candidato estar mais preparado para a universidade do que o fato de conhecer essa palavra? Certo, não tinha. Desperdício total de palavra, perda completa de tempo, certeza absoluta de que ainda não alcançarei as expectativas de meus pais em relação às minhas perspectivas de admissão na faculdade pela adição da palavra *amarescente* ao meu vocabulário.)

— Você não quer que eu fique, quer? — perguntou Dash.

Como se estivesse implorando para que eu não exigisse que ele passasse mais tempo com meu avô enclausurado e meu irmão, que na melhor das hipóteses tolera meu namorado e na pior é totalmente rude com ele. Eu me sentiria mal com a animosidade entre Langston e Dash se não parecesse ser um esporte prazeroso para eles. Caso Lily fosse um tema no *Jeopardy!*, aquele programa de perguntas e respostas da TV, a resposta seria "Ela não entende *nada* disso", e a pergunta seria "Qual é o representante masculino da espécie humana?".

— Quero que você faça o que quiser — respondi, mas o que eu quis dizer foi:

Fique, Dash. Por favor. Esta árvore de Natal é um presente lindo e exatamente o que eu não sabia que precisava — da época natalina e de você. E, mesmo que eu tenha milhões de outras coisas para fazer agora, não há nada que eu queira mais que decorar a árvore com você. Ou que você se sente no sofá e me veja deslumbrá-lo enquanto faz comentários sarcásticos sobre tradições pagãs culturalmente profanadas pelo cristianismo. Só para ter você por perto.

— Você gostou da árvore? — perguntou Dash, mas ele já estava abotoando o casaco, que era pesado demais para um dia tão quente, e olhando para o celular como se houvesse mensagens de texto convocando-o para lugares melhores do que em casa comigo.

— Por que não gostaria? — respondi, sem vontade de continuar a professar meus profundos agradecimentos.

Eu tinha começado a mexer nos enfeites quando Dash anunciou sua intenção de partir, e ele fez isso no exato momento em que abri a caixa de presente da Strand que Dash me deu no dia 19 de janeiro, para comemorar o aniversário da autora Patricia Highsmith. Dentro da caixa havia uma bola de Natal vermelha e dourada com um desenho em tinta preta representando Matt Damon como o Talentoso Sr. Ripley. Quem além de Dash se encantaria com um enfeite de Natal exibindo o rosto de um famoso serial killer literário e o daria para a namorada de presente? O presente só me fez adorar o Dash ainda mais. (A parte do herói literário, não a parte do serial killer.) Em fevereiro, eu havia guardado a caixa de presente na caixa maior de enfeites natalinos com um suspiro cheio de esperança — de que Dash e eu ainda estaríamos juntos quando chegasse a hora de pendurar o enfeite na árvore.

E nós estávamos. Mas nosso relacionamento era *efêmero* (finalmente uma palavra difícil que se aplicava à minha vida). Não parecia mais real. Parecia mais uma obrigação que de alguma maneira havia sobrevivido até então para durar pelo menos até o final do ano, porque foi quando começou. Depois disso poderíamos parar de fingir que o que no início parecia tão certo e verdadeiro agora parecia... ainda verdadeiro, mas definitivamente não certo.

— Seja boa com Oscar — disse Boomer, e deu à árvore uma saudação militar.

— Quem é Oscar? — perguntei.

— A árvore! — exclamou Boomer, como se fosse óbvio e talvez eu tivesse ofendido Oscar por não saber o nome dele. — Vamos, Dash, não queremos perder os trailers.

— Aonde os senhores vão? É uma caminhada muito longa? — indagou o vovô, com um toque de desespero na voz.

O vovô tem vivido quase confinado em casa desde o infarto e a queda. Ele não tem muita resistência para andar mais de um ou dois quarteirões, então praticamente interroga os visitantes sobre suas atividades na rua. Não é um cara acostumado a ter as asas cortadas.

Na verdade, o que o vovô deveria estar perguntando a Boomer e Dash era:

Como vocês podem ser tão rudes a ponto de entregar esta linda árvore e depois sair antes que a árvore, quero dizer, Oscar esteja devidamente decorado? Como esses moleques de hoje em dia podem ser tão grosseiros?

— Vamos ver um filme que começa em vinte minutos — disse Dash.

Seu rosto não mostrava nem um pingo de culpa, apesar do fato de ele não ter me convidado.

— Que filme? — perguntei.

Se Dash fosse ver sem mim o único filme que eu estava morrendo de vontade de ver, então esse seria o último sinal necessário de que ele e eu realmente não estávamos mais nos entendendo e talvez precisássemos de um tempo. Eu estava contando os dias para as férias para poder ver *Corgi & Bess*, e provavelmente veria pelo menos cinco vezes no cinema se tivesse tempo. Helen Mirren como uma centenária rainha Elizabeth com um supostamente fantástico Corgi animatrônico ao lado de seu andador o tempo todo, até que uma infeliz exibição de fogos de artifício faz com que o Corgi fuja e a frágil e velha Bess e seu andador tenham que encontrar Corgi em algum lugar no terreno do castelo encantado de Balmoral, com inúmeras aventuras ao longo do caminho tanto para a rainha quanto para o filhote? Sim, por favor! Conte comigo, de novo e de novo, em IMAX *e* 3D! Eu tinha visto o trailer vezes o bastante para saber que era o meu filme favorito do ano, mas vinha esperando que Dash me levasse para assisti-lo pela primeira vez como meu presente de Natal. Não apenas o filme — mas o tempo juntos.

— *O malandro e os ratos*! — disse Boomer ao vovô, daquele jeitinho que ele tinha de dar mesmo as informações mais básicas com um ponto de exclamação.

Para mim, Dash falou:

— Achei que você não fosse querer ver, por isso não perguntei se queria um ingresso.

Dash estava certo. Eu não queria ver o filme porque já havia visto. Achei *O malandro e os ratos* pouco original, mas Edgar Thibaud amou o *Velozes e furiosos* da Pixar, em que ratinhos de sótão apostam corrida em carros de caixas de fósforo quando a família que mora na casa está dormindo.

Não contei a Dash que já tinha visto porque fui ao cinema com Edgar Thibaud. Sair com Edgar não era bem um grande segredo — Dash sabia que Edgar também era voluntário (por ordem judicial) no centro de fisioterapia e recuperação do vovô —, mas eu esqueci de mencionar que de vez em quando ele e eu saíamos juntos depois do expediente. Em geral, apenas para tomar um café, mas aquela tinha sido a primeira vez que ele e eu fomos a um lugar diferente de uma cafeteria.

Eu não sabia por que tinha ido. Nem gostava tanto assim de Edgar Thibaud. Bem, gostava dele o suficiente para um canalha responsável pela morte do meu hamster no jardim de infância. Eu simplesmente não confiava nele. Talvez Edgar fosse meu projeto de reabilitação secundário disfarçado, lógico que vovô era meu principal e único importante de verdade. Eu queria ajudar a transformar Edgar em um cara legal, apesar dos pesares, e se ver um filme com uma garota com o pleno conhecimento de que ela não tinha nada além de um interesse platônico por ele pudesse fazer Edgar evoluir, eu faria o sacrifício. Disse a mim mesma que estive tão ocupada nos últimos meses que precisava do relaxamento de um tempo livre no escurinho do cinema, mesmo que fosse para ver um filme que eu não dava a mínima com uma pessoa a quem eu dava somente a mínima. Se eu tivesse visto o filme com Dash, teria ficado preocupada o tempo todo, me perguntando: *Será que ele vai me beijar agora? Se não, por que não?* Com Edgar, tudo o que eu me perguntava era: *Ele vai me pedir para pagar a pipoca dele?*

— Divirtam-se — disse eu, e consegui soar alegrinha, tentando levar na esportiva.

Eu nunca conseguiria ser fria com Dash por muito tempo. Mas a partida dele doeu, como se ele tivesse me dado o presente mais fabuloso apenas para pegá-lo de volta prematuramente.

— Ah, com certeza! — garantiu Boomer.

Ele estava tão ansioso para sair que foi andando apressado, de costa, em direção à porta, o que o fez esbarrar em uma mesa lateral com tanta força que o abajur caiu no chão. Foi um estrago pequeno — apenas a lâmpada quebrou —, mas o barulho bastou para acordar a fera que cochilava no meu quarto. Boris, meu cachorro, veio correndo para a sala e imediatamente derrubou Boomer no chão.

— Junto! — ordenei a Boris.

Os bulmastifes são surpreendentemente bons para apartamentos, apesar de seu porte grande, porque não são muito ativos. Mas são essencialmente cães de guarda, ainda que compassivos; eles imobilizam os intrusos em vez de tentar machucá-los. Boomer não devia saber disso. Eu ficaria tão apavorada quanto Boomer se tivesse um cachorro de sessenta quilos em cima de mim.

— Junto! — repeti.

Boris largou Boomer e veio se sentar aos meus pés, satisfeito por eu estar a salvo. Mas a comoção também havia acordado o menor membro da família e, tipicamente preguiçoso, ele chegou tarde à sala para avaliar a situação e proteger a área. O vovô mora com a gente agora que não pode mais ficar sozinho, e seu gato, Grunt, veio com ele. Fiel ao seu nome, o gato grunhiu para Boris, que, de pé, é do tamanho de uma mulher adulta, mas tem verdadeiro pavor do gato de seis quilos do vovô. O pobre Boris ficou de pé e colocou as patas dianteiras em meus ombros, choramingando, sua linda cara enrugada olhando para o meu rosto como se implorasse: *Me proteja, mamãe!* Dei um beijo no focinho molhado de Boris e disse:

— Desça, rapaz. Está tudo bem.

Nosso apartamento é pequeno demais para todas essas pessoas e animais. É um maldito zoológico. E eu não gostaria que fosse diferente. Quero dizer, talvez eu preferisse que o vovô, que costumava ser tão enérgico e socialmente ativo, não ficasse tão preso no nosso apartamento no terceiro andar por não poder subir as escadas mais de uma vez por dia — e, em alguns dias, nem isso. Mas se ter um fluxo de familiares e profissionais de saúde entrando e saindo para ajudá-lo e visitá-lo afasta o pior medo do vovô — ir parar em uma casa de repouso —, sou totalmente a favor do zoológico. O cenário alternativo é sombrio. Vovô muitas vezes declara que a única maneira de deixar que o tirem de sua casa é deitado em um caixão.

Langston veio da cozinha entrando na sala e perguntou:

— O que aconteceu aqui?

E essa foi a deixa para Dash finalmente ir embora.

Dash disse a Langston:

— Obrigado pelo chá com biscoitos que você não me ofereceu.

— De nada — retrucou Langston. — Já está indo embora? Maravilha!

Langston foi até a porta para abri-la. Boomer, ainda desnorteado, levantou-se para sair enquanto Dash hesitava por um momento. Ele parecia prestes a me dar um beijo de despedida, então pensou melhor e, em vez disso, deu um tapinha na cabeça de Boris. O cachorro traidor lambeu a mão de Dash.

Eu estava magoada, mas isso não significava que não iria me derreter toda vendo aquele cara incrivelmente gato em seu casaco chique sendo fofo com o meu cachorro.

— Amanhã à noite teremos a cerimônia de iluminação da árvore — contei a Dash. — Você vai vir?

Amanhã seria 14 de dezembro! Dia da iluminação da árvore! Como eu tinha conseguido ignorar completamente essa data tão importante até Dash aparecer com uma árvore na minha sala de estar? Talvez porque naquele ano a cerimônia parecesse mais uma tarefa do que um motivo para festejar?

— Eu não perderia por nada — disse Dash.

Grunt foi atrás de Boris outra vez, que correu e deu de cara com uma pilha alta de livros encostada na parede da sala. Isso fez o vovô gritar "Grunt, volte aqui!", Boris começar a latir e Langston advertir Dash:

— Vai logo!

Boomer e Dash partiram.

Eu sabia que Dash estava aliviado por ir embora.

Minha casa está sempre movimentada. Barulhenta. Tumultuada. Cheia de pelos de bicho. Lotada de gente.

Dash gosta de silêncio e ordem, e prefere ficar sozinho com seus livros a sair com a própria família. Ele é alérgico a gatos. Às vezes me pergunto se ele também é alérgico a mim.

Domingo, 14 de dezembro

Um ano atrás, minha vida era muito diferente. Vovô estava em tão boa forma que vivia indo para a Flórida, onde tinha uma namorada em seu condomínio para aposentados. Eu não tinha animais de estimação, nem namorado. Eu não sabia de fato o que era a tristeza.

A namorada do vovô morreu de câncer na primavera, e, logo depois disso, o coração dele falhou. Eu sabia que a queda do vovô era grave, mas no pânico do momento não assimilei tudo, porque estava preocupada demais com a interminável espera pela ambulância, depois com a ida até o hospital, depois em ligar para a família avisando o que tinha acontecido. Apenas no dia seguinte, quando seu estado se tornou estável, foi que eu entendi como havia sido realmente ruim. Eu tinha ido ao refeitório do hospital almoçar e, ao voltar, vi pela janela do quarto dele que a Sra. Basil E., irmã do vovô e minha tia favorita, havia chegado. Ela é uma senhora alta e com uma presença poderosa, que usa ternos impecavelmente sob medida com joias caras e maquiagem perfeita. Mas ali estava ela, sentada ao lado da cama do vovô adormecido, segurando sua mão, as lágrimas pesadas fazendo com que o rímel escorresse até seu batom.

Eu nunca, nunca tinha visto a Sra. Basil E. chorar. Ela parecia tão pequena... Senti uma pontada na barriga e um aperto no coração. Eu sou o tipo de garota que enxerga o copo meio cheio — sempre tento ver o lado positivo das coisas —, mas não consegui conter a tristeza aguda que invadiu o meu corpo e a minha alma diante da visão do sofrimento e da preocupação dela. De repente, a mortalidade do vovô era algo muito real e a dor que sua eventual partida causaria se tornou muito concreta.

A Sra. Basil E. colocou a mão do vovô em seu rosto e chorou ainda mais, e, por um segundo, temi que o vovô estivesse morto. Então a mão dele ganhou vida e lhe deu um tapinha suave, e ela riu. Eu sabia que tudo ficaria bem, por enquanto, mas que nada seria como antes.

Aquela foi a minha entrada na tristeza, primeiro estágio.

O segundo estágio veio no dia seguinte, e foi muito pior.

Como uma gentileza tão simples pode mudar tudo?

Dash foi me visitar no hospital. Eu tinha comprado comida no refeitório, mas não estava comendo, andava muito distraída com a situação e não tinha apetite para os sanduíches de queijo velhos ou os chips de couve que o hospital oferecia no lugar de batatas fritas em uma tentativa maldosa de mostrar preocupação com a saúde. Dash deve ter sentido o cansaço — e a fome — na minha voz pelo telefone, porque chegou com uma pizza do meu lugar favorito, o John's. (O John's do Village, não o de Midtown. *Fala sério!*) A pizza do John's é minha comida afetiva preferida, e, mesmo que tivesse esfriado durante a caminhada do restaurante ao hospital, meu coração não poderia ter ficado mais quentinho ao ver a pizza — e Dash trazendo-a para mim.

Num impulso, deixei escapar:

— Eu te amo tanto.

Envolvi os meus braços nele e enterrei a minha cabeça em seu pescoço, cobrindo-o de beijos. Ele riu e disse:

— Se eu soubesse que uma pizza provocaria essa reação, teria trazido bem antes.

Ele não retribuiu o *Eu te amo*.

Eu não tinha percebido que sentia isso até dizer. E não estava falando apenas por ele ter me trazido a pizza.

Quando eu disse a Dash *Eu te amo tanto*, quis dizer: *Eu te amo por sua bondade e sua rabugice. Eu te amo por dar gorjetas exageradas aos garçons com o cartão de crédito do seu pai para "retribuir a gentileza". Eu amo o seu semblante ao ler um livro — contente e sonhador, mergulhado em outro mundo. Eu te amo por ter sugerido que eu nunca lesse um livro do Nicholas Sparks, e, quando eu li um porque estava curiosa, e depois alguns outros, eu te amo por ter ficado tão confuso, ofendido e totalmente revoltado. Não por eu ter lido, mas por eu ter* adorado. *Amo debater esnobismo literário com você e o fato de que você pode pelo menos reconhecer que, mesmo que* você *não goste do "lixo aproveitador, hipócrita e falsamente romântico", muitas outras pessoas — incluindo sua namorada — gostam. Eu te amo por amar minha tia-avó quase tanto quanto eu. Amo como minha vida ficou mais iluminada, doce e interessante desde que você se tornou parte dela. Eu te amo por um dia ter atendido ao chamado de um caderninho vermelho.*

Vovô sobreviveu, mas um pedaço de mim parecia morrer naquele dia, por ter a alegria de perceber que eu realmente amava alguém esvaziada tão depressa por experimentar o sentimento sozinha.

Dash ainda não tinha retribuído.

Eu nunca voltei a dizer *Eu te amo* para Dash.

Eu não o recrimino — não mesmo. Ele é amoroso e atencioso comigo, e sei que gosta de mim. Muito. Às vezes eu gostaria que ele não parecesse tão surpreso com isso.

Eu disse *Eu te amo tanto*, e naquele instante eu quis dizer isso com cada fibra do meu ser, mas, como o momento passou, sem retribuição, tentei me distanciar um pouco de Dash. Não posso fazê-lo sentir algo que ele não sente, e não quero me magoar nessa tentativa, então decidi deixar o meu amor por ele cozinhar em banho-maria no meu coração, para me permitir desapegar dele de antemão.

O fato de eu estar tão atarefada ajudou. Vinha passando tão pouco tempo com Dash nos últimos tempos que quase parou de doer. Não tenho tentado ativamente me desapaixonar; apenas aconteceu. Quando não estou na escola, tenho dever de casa ou aulas de preparação para os exames finais, tenho treino e jogos de futebol, levo o vovô para fisioterapia e consultas médicas e para visitar os amigos. Faço as compras de supermercado e as refeições, uma vez que mamãe e papai estão ocupados demais para fazer ultimamente porque eles têm novos empregos acadêmicos. Não estão mais trabalhando em outro país, mas é como se estivessem; o trabalho mais próximo que mamãe conseguiu em um prazo tão curto foi um emprego de meio período como professora de inglês em uma faculdade comunitária lá Onde Judas Perdeu as Botas, Long Island; e papai é diretor em um internato em Só Deus Sabe, Connecticut. Langston divide as responsabilidades com o vovô, mas, quando se trata de tarefas domésticas, ele ajuda apenas daquele jeito meia-boca dos homens. (Obviamente, isso me irrita.) E tem o meu negócio de passear com cachorros. Meus serviços se tornaram tão requisitados que agora a Sra. Basil E. me chama de magnata Lily, em vez de ursinha Lily. Com todas as outras coisas acontecendo, tentar encontrar tempo para ficar com Dash parece mais uma obrigação do que um prazer.

Estou sobrecarregada.

A ingênua ursinha Lily é uma lembrança distante. Sinto que no último ano eu passei de uma mocinha de 16 para uma idosa de 17.

Tenho estado tão ocupada que estraguei o presente apressado que fiz para dar a Dash na minha pequena cerimônia de iluminação da árvore. Eu vinha trabalhando nele desde o início do ano, mas o deixei de lado quando os problemas do vovô começaram. Suspirei, olhando para sua ressurreição tantos meses depois. Meu irmão riu.

— Não é *tão* ruim assim, é, Langston? — perguntei.

— É... — Ele hesitou por tempo demais. — Fofo. — Langston passou o suéter verde-esmeralda pela cabeça e depois ficou puxando onde o tecido sobrava. — Mas Dash deve vestir o mesmo tamanho que eu, e esse suéter é muito grande. Devemos presumir que você retomará sua campanha anual de biscoitos de Natal para engordar Dash?

O suéter tinha sido um presente de Natal para o nosso pai há vários anos, da loja Tamanhos Grandes; nunca usado, ainda na embalagem. Eu estava reaproveitando o suéter, mas o tecido vermelho com estampa de flocos de neve que costurei na frente era um trabalho artístico original. Nele, eu havia bordado duas rolinhas empoleiradas juntas em um galho de árvore. A barriga da rolinha da esquerda tinha **DASH** bordado nela, e a da direita dizia **LILY**.

Eu não podia negar como ficou o visual agora que meu irmão estava vestindo o suéter. Precisava tirar as rolinhas e costurá-las em outra coisa, como um gorro ou cachecol. Elas realmente não merecem um suéter, mesmo que você as chame de algo falso adorável, como *rolinhas*. Tinha sido uma grande decepção para mim saber que as rolinhas são basicamente pombos que emitem arrulhos suaves. Quero achar fofo porque amo todos os animais, mas sou nova-iorquina e sei bem: pombos não são fofos, são transtornos.

Eu realmente não estou no clima natalino se estou descontando meu mau humor nos pássaros barulhentos que simbolizam essa época. Admiti para Langston:

— Você está certo, é horrível. Não posso dar para Dash.

— *Por favor*, dê para Dash — disse ele.

A campainha tocou.

— Tire o suéter, Langston — ordenei. — Nossos convidados chegaram.

Eu me olhei no espelho do vestíbulo e ajeitei meu cabelo, esperando parecer apresentável. Estava usando minha roupa de Natal favorita: uma saia de lã verde com apliques de renas na frente e uma camiseta vermelha com as palavras **NÃO PARE DE ACREDITAR** ao redor de uma imagem do Papai Noel. A mesa estava posta, as luzes haviam sido penduradas nos amplos galhos de Oscar e os animais estavam confinados no meu quarto como cortesia aos nossos convidados. O Natal podia começar. A magia podia acontecer.

Eu me perguntei se seria o pai de Dash na porta. Realmente achava que, se Dash e seu pai passassem mais tempo juntos, eles iriam gostar mais um do outro, e uma festa pequena e despretensiosa para inaugurar o Natal poderia ser a ocasião perfeita para ajudá-los nisso. Eu havia enviado um convite ontem à noite para a mãe dele primeiro, mas ela recusou, dizendo que tinha uma reunião com um cliente no mesmo horário. Então, naquela manhã, tive a ideia de convidar o pai de Dash.

Foi uma surpresa, então, abrir a porta e ver Dash parado entre sua mãe e seu pai.

— Adivinha em quem eu esbarrei? — disse ele.

Acho que a última vez que os pais dele estiveram juntos no mesmo cômodo foi quando Dash era pequeno e teve que testemunhar no tribunal durante o divórcio.

Dash não estava com cara de muitos amigos. Nem seus pais.

Finalmente o frio havia chegado para o Natal.

três

–Dash–

Quando as galinhas francesas tiverem dentes
Domingo, 14 de dezembro

Eu sabia que, se alguém colocasse Lily na máquina de raios X mais sofisticada e vasculhasse a radiografia resultante com o microscópio mais potente, não encontraria uma única má intenção em qualquer osso do corpo dela. Eu sabia que o assunto em questão era um erro nascido da ingenuidade, não da crueldade ou da maldade. Eu sabia que não havia como ela compreender a escala cósmica da falha que cometera.

Mas, puta merda, eu estava furioso.

O que aconteceu foi que, quando eu estava saindo do apartamento da minha mãe, ela gritou:

— Aonde você vai? Eu vou contigo!

Tudo bem, pensei. *A mamãe e Lily sempre se deram bem. Sempre fiquei feliz com isso. E é ótimo que Lily queira compartilhar a iluminação da árvore com várias pessoas diferentes. Beleza.*

Até optei por não me importar quando minha mãe disse "Você vai mesmo usar isto?" e me fez colocar uma gravata. Aquele foi provavelmente o primeiro "passeio de mãe e filho" que tivemos desde que a puberdade havia excluído "passeios de mãe e filho" da minha lista de afazeres. Ainda assim, tentei estar à altura da ocasião. Conversamos no metrô sobre o que o grupo de leitura dela havia escolhido naquele mês. Depois que confessei minha completa ignorância sobre as obras de Ann Patchett, enveredamos por outros assuntos, como o fato de que eu ficaria na cidade durante o Réveillon, enquanto ela e meu padrasto iriam viajar. Estava tudo ótimo.

Então desembarcamos na estação de metrô de Lily e, no topo da escada, mamãe agarrou meu braço e disse:

— Não. Não pode ser. Não.

A princípio pensei: *Que coincidência. De todos os lugares que papai escolheu para estar esta tarde, ele por acaso está aqui, no nosso caminho.*

Então vi que ele estava segurando um presente... e me dei conta de que a tarde estava primorosamente fodida.

Isso foi registrado pela minha mãe também.

— É possível que Lily...? — perguntou ela.

O problema era que eu não precisava responder. Nós dois sabíamos que era possível.

— Ah, não — disse a mamãe. Então, pontuando cada palavra com uma inspiração profunda: — Não. Não. *Não.*

Conheço muitos filhos de divorciados que se sentem tristes com os acontecimentos que reduziram sua família a escombros. Mas eu nunca fui um deles. Mesmo um observador casual veria que meus pais traziam à tona o pior um do outro — e eu dificilmente era um observador casual. Quando as coisas desmoronaram — eu tinha 9 anos —, parecia um trabalho de tempo integral observar a maneira como meus pais se comportavam quando estavam juntos. Ambos pensavam que estavam se armando com seus pontos fortes, mas na verdade apenas ampliavam suas fraquezas. Uma gangorra de pânico e raiva da minha mãe. Um redemoinho de arrogância e indignação do meu pai. Eu tentava não tomar partido, mas, no final das contas, a maldade do meu pai era muito pior do que a carência da minha mãe. Ele tinha feito muito pouco para interromper o padrão desde então.

Lily sabia como eu me sentia. Sabia que eu mantinha uma ampla zona desmilitarizada entre os meus pais. Era o único jeito de evitar a hostilidade constante do meu pai e mágoa constante da minha mãe.

Agora ela estava magoada. Só de vê-lo, ela estava magoada.

— Eu não fazia ideia — falei.

— Eu sei — disse ela.

Então, após um momento de decisão, ela começou a andar para a frente, seguindo meu pai.

— Você não precisa fazer isso — assegurei a ela. — É sério. Vou explicar para Lily. Ela vai entender.

Mamãe sorriu para mim.

— Não podemos deixar os terroristas vencerem, Dash. Eu vou a esta cerimônia de iluminação da árvore, quer seu pai esteja lá, quer não.

Ela até acelerou o passo, de maneira que, quando chegamos ao quarteirão de Lily, estávamos apenas alguns metros atrás do meu pai. Como era típico dele, ele não olhava para trás.

— Pai — chamei, por fim, quando chegamos aos degraus da frente.

Ele se virou e me viu primeiro. Fez sua Cara de Pai. (Que nunca lhe caiu muito bem.) Então olhou para o meu lado e mostrou uma surpresa genuína.

— Ah — disse ele.

— É — replicou minha mãe. — *Ah*.

Ficamos ali gaguejando por um minuto, trocando amabilidades sem qualquer amor. Mamãe perguntou pela "nova-mas-não-tão-nova-assim" esposa do papai. Papai perguntou pelo "novo-mas-não-tão-novo-assim" marido da mamãe. Parecia surreal: os nomes não combinavam com as vozes que normalmente os pronunciavam. Eu estava confuso, sendo que eu havia crescido convivendo com aquela confusão. Não era algo de que quisesse me aproximar.

O presente nas mãos de papai estava embrulhado — talvez pela esposa, talvez pela loja. Seja qual fosse o caso, mostrava mais carinho do que eu havia recebido em anos. Eu ganhava cheques, quando ganhava alguma coisa. Ela sempre assinava os cartões de aniversário por ele.

Mesmo antes de Lily atender a porta, mamãe e papai começaram a se cutucar — papai dizendo "Eu não sabia que você estaria aqui" e mamãe dizendo "Por que eu não estaria aqui?" —, até que mandei os dois ficarem quietos. Eu sabia que a família inteira de Lily estaria lá, e a última coisa que queria era que eles vissem quão acidentada era a superfície do meu *pool* genético.

Lily abriu a porta e precisei lembrar a mim mesmo: *ela não fazia ideia ela não fazia ideia ela não fazia ideia*. Então eu não gritei. Apenas disse:

— Adivinha em quem eu esbarrei?

Uma namorada diferente teria respondido a minha tirada sarcástica com uma outra. *Krampus?*, Lily poderia ter dito. Ou Scrooge. Ou Judas Macabeu. Mas não era isso que Lily iria responder. Em vez disso, ela perguntou:

— Posso pegar seus casacos?

Só que nenhum de nós estava de casaco.

Em vez de responder, meu pai estendeu o presente.

— Para você, minha querida — disse ele a Lily.

— Eu teria trazido alguma coisa — interveio minha mãe rapidamente —, mas Dash me disse que não era esse tipo de festa.

Meu pai riu.

— Típico dele! — disse ele para Lily, como se ela soubesse tão bem quanto ele como eu era péssimo em descobrir que tipo de festa uma festa era.

— Realmente *não* é esse tipo de festa — declarou Lily. — Mas obrigada de qualquer maneira.

E meu pai, como era do seu feitio, falou:

— Bem, se não é esse tipo de festa, posso pegar o presente de volta. — Ele avançou para tirá-lo dela e então se afastou, rindo novamente. — Meu Deus, foi só uma brincadeira, gente — disse ele assim que percebeu que era o único rindo.

— Vou colocar isso no meu quarto — anunciou Lily.

Pelo jeito como ela disse a frase, eu entendi que deveria ir atrás dela. Mas de jeito nenhum que eu deixaria minha mãe sozinha.

— Nós vamos entrar e conhecer todo mundo — expliquei.

— Ah. Certo. Já volto.

Na maioria das situações envolvendo estresse e conflitos, a última pessoa que você gostaria de adicionar à mistura é uma ex-namorada. Mas, quando entrei na sala e vi Sofia, tudo o que senti foi gratidão. Ela e minha mãe sempre se deram bem.

— Venha dar um oi para Sofia — sugeri, conduzindo minha mãe. — Eu contei que ela voltou de Barcelona, né? Por que você não pergunta a ela se aquela catedral já está pronta?

— Que bom ver você! — disse Sofia e deu um sorriso largo, lendo meu pedido de socorro. — Eu não conheço mais ninguém aqui. Boomer está atrasado, e Lily anda para lá e para cá ajeitando tudo. É ótimo ver um rosto conhecido.

Minha mãe sorriu de volta.

— Você não faz ideia.

— Já volto — falei.

Porque ainda me restava a tarefa crítica de administrar o meu pai.

Ele estava começando a conversar com Langston, e eu não precisava ouvir o que ele estava dizendo para saber que cada palavra que saía de sua boca confirmava a pior visão de Langston sobre a minha filiação.

— ... não tem por que parecer tão arrogante. Tenho todo o direito de estar aqui. Fui convidado, pelo amor de Cristo.

— Tenho certeza de que Lily o convidou, senhor — respondeu Langston. — Mas não acho que ela tenha feito isso por Cristo.

Isso aturdiu meu pai por um momento, e Langston aproveitou essa pausa para dizer:

— Tenho que falar com um homem sobre uma rena.

E fugiu para outro cômodo. Meu pai imediatamente começou a vasculhar a sala em busca de seu próximo refém.

— Pai — chamei. — Venha cá.

Eu sabia que, se havia alguém naquela sala capaz de lidar com o idiota do meu pai, era a Sra. Basil E. Eu não precisaria dar uma única explicação para ela — de seu poleiro no sofá de Lily ela já teria tomado pé da situação com uma compreensão que beirava a onisciência. Eu sabia que ela não sofreria com gente tola de bom grado, mas que faria de bom grado um tolo sofrer.

— Tem alguém que eu quero te apresentar — disse ao meu pai. — Esta é a tia de Lily.

Meu pai olhou para ela e lhe deu tanta atenção quanto daria a uma velhinha tentando atravessar a rua. Estava pronto para passar batido por ela.

— Então — disse a Sra. Basil E., olhando-o ao mesmo tempo com curiosidade e uma vontade de matar um gato — você é o pai deste malandro?

Meu pai se endireitou um pouco diante disso.

— Culpado da acusação. Ou pelo menos é a história que a mãe dele me contou.

— Ah... e você também é folgado! Muitas vezes acho útil ter agulha e linha por perto ao lidar com algo frouxo.

— Não tenho certeza se estou acompanhando...

— E eu, senhor, não tenho certeza se o senhor conduz. Mas não importa. Por que não se senta ao meu lado? Por mais que eu não espere gostar da sua companhia, vai me satisfazer muito vê-lo fora do caminho. Lily leva essas celebrações muito a sério e, na minha opinião, o senhor é atualmente a pessoa na sala com mais chance de arruinar a de hoje. Vamos garantir que isso não aconteça.

A Sra. Basil E. não deu um tapinha no assento ao lado dela. Em vez disso, pareceu mais lançar um feitiço na almofada para que não fosse maculada quando meu pai se sentasse.

— Eu não precisava estar aqui, sabe — murmurou ele.

Quase senti pena dele. Mas nem tanto.

— Isso é bom para a sua imagem — admitiu a Sra. Basil E. — Agora, não altere isso com mais falação. Vamos nos sentar e observar os outros.

Impotente, meu pai obedeceu.

— Traga sidra para o seu pai — ordenou a Sra. Basil E.

— Uma dose dupla — disse papai.

— Nossa sidra é totalmente desprovida de álcool — contestou a Sra. Basil E.

— Ainda assim... é sidra — respondeu meu pai, finalmente ganhando um leve lampejo de respeito dela.

Fiz minha tarefa com pressa, entregando ao meu pai duas canecas, nenhuma das quais dizia O MELHOR PAI DO MUNDO. Então fui em busca de Lily, que ainda não havia retornado.

Primeiro verifiquei na cozinha, mas só encontrei o pai dela, com cara de quem tentava lembrar qual aparelho era o fogão. Então me aventurei pelo corredor para ver se a porta do banheiro estava fechada; negativo.

Estava silencioso quando me aproximei do quarto dela — tão silencioso que achei que ela não estaria lá. Mas, quando espiei, lá estava ela, sozinha. Não estava procurando alguma coisa. Não estava conferindo o celular. Não estava fazendo uma mudança de última hora em sua lista playlist de Natal. Em vez disso, estava sentada na beirada da cama, olhando para o nada. Perdida em pensamentos, ou tendo pensamentos que seriam perdidos no minuto em que eu dissesse o nome dela e chamasse sua atenção, fugitiva do estado de fuga. Era perturbador vê-la daquele jeito, mas eu não tinha certeza se deveria perturbá-la. Há uma solidão que clama por resgate — mas aquela parecia ser uma solidão que queria ser deixada sozinha.

Eu ia voltar silenciosamente para a festa, mas, na hora em que ia sair, ela escapuliu de onde quer que estivesse, se virou e me viu na porta. Talvez soubesse que eu estava lá o tempo todo. Talvez eu não tivesse ideia do que ela estava pensando.

— Dash — disse ela, como se nós dois precisássemos ser lembrados de quem eu era.

— E a festa? — falei. — Tem algo que eu possa fazer?

Lily balançou a cabeça.

— Acho que está tudo pronto. Não é bem uma festa. É só a iluminação da árvore.

Vi o presente do meu pai ainda fechado na escrivaninha dela. Eu o peguei e agitei. Algo rolou lá dentro.

— Bem, pelo menos não é um cheque — comentei. — Exigiu alguma consideração. Dele ou de outra pessoa. — Sacudi com mais vigor. — Espero que não seja quebrável.

— Pare — disse Lily.

Eu parei.

— Tenho algo para você — continuou ela. — Não precisa abrir agora. E não precisa usar, se não quiser. Nem sequer uma vez. Eu só... bem, é só algo que pensei em dar a você. Mas você não tem qualquer obrigação.

— É uma minissaia de couro, não é? — perguntei. — Você matou uma vaca e a transformou em uma minissaia para mim!

Pelo espanto no semblante dela, alguém poderia pensar que eu tinha apostado certo. O que, tenho certeza, gerou algum espanto no meu semblante. O que animou Lily um pouco.

— Nenhuma vaca foi ferida na confecção deste suéter — garantiu ela.

E eu pensei: *Ó céus. Um suéter.*

Não é que eu não achasse Lily capaz de tricotar um suéter. Eu achava que Lily poderia fazer qualquer coisa que quisesse, fosse um bolo de cinco andares ou uma Virgem Maria de macramê. Mas suéteres... Morando em Nova York, eu tinha uma relação muito complicada com suéteres. Quando você estava ao ar livre, eles eram ótimos, até mesmo preferíveis, para afastar o frio. Mas dentro dos lugares? Quando a temperatura de repente disparava para 30 graus? *Suatório* — um purgatório suado.

Lily foi até a base de sua estante e pegou um pacote embrulhado em papel de seda.

— Aqui — disse ela, entregando-o.

Parei para refletir sobre que tipo de noite selvagem entre um lenço de papel e uma folha de papel de carta levou ao nascimento do papel de seda. Então eu o rasguei em pedaços e peguei o suéter.

A primeira coisa que notei foi como era imenso — pelo menos dois tamanhos acima do GG, com espaço para uma rena extra se por acaso ela precisasse de abrigo. Então notei como era *natalino* — embora Lily estivesse me dando um suéter de Natal, não me ocorreu que poderia ser um *suéter natalino*. O floco de neve na frente parecia ter sido tecido por uma aranha que tinha ficado um pouco bêbada demais na noite anterior. E havia pássaros. Pombas, pensei. Com nossos nomes nelas. A pomba da Lily tinha um ramo de oliveira na boca. A minha estava meio escondida.

— Ah, Lily — eu disse. — Quero dizer, *uau*!

Eu sabia que ela deveria ter dedicado muito tempo a ele, então falei:

— Você deve ter dedicado muito tempo a isso!

Eu sabia que combinava com o traje natalino dela. Então falei:

— Nós combinamos!

Eu sabia também que tinha sido um ano difícil para ela, então incorporei uma explosão de alegria e falei:

— Vou vestir agora mesmo!

Ela começou a dizer que eu não precisava fazer isso, mas bloqueei todos os seus protestos com os quilômetros de novelos sacrificados que passaram pelas minhas orelhas. Quando enfim encontrei o buraco da cabeça, subi à superfície e respirei fundo. De longe, eu devia estar parecendo uma luva transtornada.

— Amei! — exclamei, arregaçando as mangas para que meus dedos pudessem respirar.

— Você não amou — contestou Lily. — Eu disse para você não usar. O que vale é a intenção.

— Não. Isso é muito mais do que a intenção. Nunca, nunca alguém tricotou um suéter para mim. Nem meus pais. Nem meus avós. Nem minhas tias-avós da Flórida que têm muito,

muito tempo livre. Com certeza nenhum dos meus amigos. Isso é especial para mim.

— Eu não tricotei tudo. Eu só... reaproveitei.

— Melhor ainda! Uma pegada de lã a menos para o meio ambiente! Isso é genial!

Correndo o risco de passar do ponto na empolgação, baixei um pouco a bola.

— Sério — disse a ela, pegando sua mão, fazendo-a olhar para mim e ver minha sinceridade. — É uma das melhores coisas que já ganhei. Vou usá-lo com orgulho. Orgulho Dash--e-Lily.

Em outros tempos isso a teria feito sorrir. Em outros tempos isso a teria feito feliz.

Eu queria que estivéssemos em outros tempos.

— Você realmente não precisa usar — disse ela mais uma vez.

— Eu sei.

Antes que Lily se repetisse outra vez, antes que a linha de suor descesse da minha testa, onde eu podia senti-la se acumulando, caminhei até a porta. Girando o corpo para ela, perguntei:

— Você vem? — Então acrescentei: — Tenho certeza de que a minha mãe ia adorar conversar com você. E o seu pai parece meio perdido na cozinha.

Então a atenção de Lily pareceu ganhar foco.

— Meu pai? Na cozinha? Isso não é... Quero dizer, ele só vai lá quando precisa de um lanche. — Ela se levantou, deu um passo à frente. — Se ele está tentando ajudar, precisamos impedi-lo. E minha mãe estava lá? Ela é ainda pior.

— Não vi sua mãe.

Caminhamos pelo corredor. Quando chegamos à cozinha, a encontramos vazia.

— Acho que ele não causou nenhum estrago — concluiu Lily depois de uma verificada rápida. Então ela olhou para mim. — E por falar em estrago... sinto muito pelos seus pais. Acho que me deixei levar pelo espírito de convidar as pessoas. Sinceramente, não sei o que passou pela minha cabeça. Fiquei confusa entre o que eu queria que acontecesse e o que eu deveria saber que aconteceria. Nos últimos tempos tenho feito muito isso. Sei que não ajuda em nada.

— Está tudo bem — assegurei a ela. Mas não colou, porque nós dois sabíamos que não era verdade. Então reformulei: — Tenho certeza de que vai ficar tudo bem agora que o choque inicial passou. Eles permanecerão em lados opostos da sala. A Sra. Basil E. manterá meu pai sob controle. Se alguém pode fazer isso, esse alguém é ela.

Parecia ser o que estava acontecendo quando voltamos para a sala de estar. Boomer havia chegado e conversava animadamente com Sofia e minha mãe. A mão dele estava nas costas dela (de Sofia, não da minha mãe) daquele jeito "preciso-mostrar-a-todos-que-estamos-juntos-indo-além-da-metáfora", exibido pelos casais recém-formados. Se eu tivesse feito isso com Sofia quando estávamos namorando, ela provavelmente teria afastado minha mão, julgando o gesto condescendente. Mas, com Boomer, ela parecia gostar. Ou pelo menos não pensar nisso. De alguma forma, o toque dele tinha se tornado natural para ela.

Minha mãe percebeu. Vi quando ela notou. Eu não tinha dúvidas de que ela gostaria que meu padrasto estivesse ali para apoiá-la da mesma forma, em vez de em alguma viagem de negócios.

Enquanto isso, a Sra. Basil E. mantinha meu pai enquadrado com uns "tsc-tsc" bem colocados. Eu odiava que ele parecesse estar gostando da companhia dela mesmo assim.

Eu estava ciente de como o ambiente mudou para receber o meu suéter. Havia olhares, com certeza. Mas, assim que o riso surgia nos olhos de uma pessoa, outra percepção o contrabalançava: a grande deixa contextual de que eu estava ao lado de Lily e, portanto, aquele suéter deveria ter sido feito por Lily. Por causa disso — e somente por causa disso — o riso morria antes que Lily pudesse ouvi-lo. Ninguém na sala queria que ela se sentisse de qualquer outro jeito a não ser adequada e amada. Embora, para ser justo, eu pudesse dizer pelos olhos do vovô que ele achava a coisa toda hilária.

Acho que Lily não notou nada daquilo. Ela estava prestando atenção na árvore, ajustando um castiçal que havia pendurado em um galho do meio.

— Acho que está na hora — disse ela, mais para si do que para mim.

Ela procurou Langston na multidão, e os dois trocaram um sinal verde sem palavras. O namorado de Langston, Benny, apertou-o de leve no ombro, e Langston deu um passo à frente.

— Posso ter a atenção de todos? — gritou ele.

Todos os animais na manjedoura ficaram quietos. Devia haver pelo menos vinte pessoas na sala naquele instante — primos, primos distantes e amigos da família que haviam alcançado o status de primos, uma espécie de cavalaria da classe média. Apenas as pessoas que eu tinha trazido para a vida de Lily — meus pais, Boomer e Sofia — eram novatas naquele ritual. Os demais eram da família. Nós éramos convidados.

Langston continuou:

— Como todos sabem, tivemos um ano meio difícil.

— Fale por você! — rugiu o vovô.

Langston sorriu.

— Mas estamos todos aqui, que é a coisa mais importante que podemos esperar de cada ano que passa. Então, sem mais delongas, entrego a palavra a Lily.

Eu esperava que Lily sentisse o calor humano na sala, o poder de ter toda a sua família reunida. Mas, em vez disso, ela ainda parecia um pouco perdida.

— Você não precisava dizer tudo isso, Langston — começou ela. — Quero dizer, sobre o ano. Não é por isso que estamos aqui.

Seguiu-se um silêncio constrangedor. Então Boomer berrou:

— Estamos aqui para acender uma árvore com FOGO!

Isso rendeu algumas risadas. Sofia se inclinou para explicar o conceito de iluminação de árvores para ele.

— Para começar, peço que todos façam um círculo em volta da árvore — disse Lily. — Para quem nunca participou disso, funciona assim: cada um ganha uma vela e acende a vela da pessoa ao lado. Quando chegar ao vovô, ele acenderá a vela na árvore e eu ligarei todas as luzes elétricas. Ah, e obrigada a Dash e Boomer pela árvore.

— Arrasa, Oscar! — ovacionou um de nós dois.

As pessoas olhavam ao redor da sala, em busca de Oscar. Ele não fez uma reverência.

Olhei para a minha mãe, que tinha invocado seu melhor sorriso falso.

Olhei para o meu pai, que parecia um pouco constrangido.

— Vamos lá, pessoal! — gritou Langston. — A moça quer um círculo, então vamos fazer um círculo para ela.

As pessoas formaram um anel muito frouxo ao redor da árvore. Na confusão, acabei entre Sofia e minha mãe. Boomer tomou seu lugar do outro lado da minha mãe. Então, para fugir de um primo particularmente tagarela, meu pai se aproximou de Boomer. Lily distribuiu velas vermelhas, verdes e brancas. Então ela foi desligar as luzes e colocar "White Christmas" para tocar. Enquanto Bing Crosby soltava a voz, Lily acendeu sua vela e depois a encostou na de sua mãe até a chama pegar. Então sua mãe fez o mesmo com o pai de Lily. O círculo começou. Ninguém dizia uma palavra. Apenas seguíamos o progresso da luz, aguardando nossa vez. O vovô levou cerca de um minuto a mais do que deveria para sair da cadeira e ocupar seu lugar, mas, quando chegou sua vez, sua mão estava firme ao passar o fogo para Langston. Langston encostou pavio com pavio com Benny, que então fez uma pirueta para ficar de frente para Sofia. Sofia sorriu e protegeu a chama com a mão em concha enquanto se virava para passá-la para mim.

Boomer, que nunca havia tido uma namorada antes, nitidamente sentiu que era sua obrigação de namorado ser o destinatário da chama de Sofia. Ele pulou de seu lugar e se colocou entre mim e Sofia. Sofia, não querendo atrapalhar nada, encostou sua vela na dele, obediente. Eu observei e me mantive firme enquanto Boomer fazia uma pequena dança até mim, cochichando para a chama para que ela permanecesse viva por tempo suficiente para me conhecer. Boomer acendeu minha vela, então me virei e encarei minha mãe, aflita. A trapaça de Boomer a havia colocado bem ao lado do meu pai. E era tarde demais para qualquer um de nós consertar isso sem fazer alarde.

Está tudo bem, assegurei a mim mesmo. *Meus pais são adultos. Eles são capazes de agir como adultos.*

A mão da minha mãe tremia tanto que achei que a vela fosse cair. Precisamos de três tentativas para que ela ficasse firme o bastante para transferir a chama.

— Tudo certo — sussurrei para ela. — Você está se saindo muito bem.

Ela acenou com a cabeça tão de leve que tive certeza de que fui o único que reconheceu isso como um assentimento. Então ela se virou para o ex-marido e estendeu a vela.

Por um segundo, pensei que tudo fosse ficar bem. Por um segundo, suas velas se tocaram e foi exatamente como aconteceu com todos os outros. Por um segundo, minha mãe estava olhando para sua vela enquanto meu pai olhava para minha mãe.

Então meu pai abriu a boca.

Minha mãe não estava olhando. Ela não previu o que iria acontecer. Quando meu pai disse "E eu aqui pensando que você nunca mais acenderia o meu fogo", ela não estava preparada. O choque que a atingiu foi real, e poderoso. Ela recuou. E, ao fazer isso, sua vela caiu. Quando ela o chamou de desgraçado, a chama atingiu uma seção do jornal de domingo que alguém havia deixado debaixo da árvore. Quando ele disse à sala toda que ela nunca fora capaz de aguentar uma brincadeira, o chão pegou fogo.

Achei que todos reagiriam, e talvez eles reagissem, mas eu era a pessoa mais próxima que não era um membro briguento da minha antiga família, e fui eu quem chegou primeiro. *Abafe a chama*, pensei. *Abafe-a*. Então me joguei de barriga no jornal e a vela que tinha começado aquela bagunça. Abafei as chamas. Foi só quando eu estava no meio do mergulho que me ocorreu que era uma reação estúpida. Eu meio que esperei me incendiar. Mas o abafamento funcionou. Privei a situação do oxigênio. Apaguei o fogo que meu pai havia iniciado.

Eu estava consciente de Lily gritando. De Langston berrando. De Boomer se atirando no ar, para abafar o abafador.

— Feche os olhos! — ordenou alguém.

Fechei, e fui encharcado com espuma química assim que Boomer pousou em cima de mim.

Todos ficaram quietos por um momento. Então:

— Já pode abrir os olhos.

Abri, e vi a Sra. Basil E. parada acima de mim e Boomer, com um extintor de incêndio de tamanho considerável. Estávamos cobertos de espuma.

Minha mãe se ajoelhou ao meu lado e perguntou:

— Você está bem?

Fiz que sim com a cabeça, meu queixo espremido contra o tapete.

— Boomer — disse minha mãe gentilmente —, acho que está esmagando Dash.

Exato!

Benny e Langston ajudaram Boomer a se levantar. Então Langston estendeu a mão para mim. Quando fiquei de pé, ele disse:

— Ah, isso não é bom.

Eu estava ferido? Havia uma queimadura tão grave que eu não podia senti-la?

Não. Eu estava bem.

Mas tinha assassinado o suéter.

Olhei para baixo e vi uma mancha de cera e uma área chamuscada. Minha pomba parecia um marshmallow tostado. A de Lily parecia ter voado perto demais do sol. E o floco de neve havia sofrido um derretimento vertiginoso.

Ergui o olhar e vi Lily. Tudo o que eu precisava saber estava bem ali nos seus olhos. Ela queria chorar, mas não se permitiria. O que era pior do que se ela realmente chorasse.

— Sinto muito, muito mesmo — falei para ela.

— Não — respondeu ela. — Não tem tanta importância.

De repente, todo mundo estava falando. As luzes estavam acesas. Minha mãe estava respirando fundo. E meu pai...

Meu pai tinha ido embora.

A Sra. Basil E. insistiu em me inspecionar em busca de quaisquer "queimaduras errantes". Benny começou a servir sidra. As pessoas sopraram as velas que estavam segurando e as colocaram no chão onde o jornal estivera. Lily acendeu as luzes elétricas da árvore. Ninguém fez qualquer interjeição de admiração ou espanto, nada de "Oooh!" ou "Aaah!".

Eu não fazia ideia de como melhorar as coisas.

Todos nós nos reunimos, tentamos encher aquele apartamento com um ruído alegre. Mas a maior parte do tempo ficou parecendo que estávamos tentando encobrir outro ruído, uma incerteza que havia se infiltrado na nossa festa e não iria embora, por mais indesejada que a fizéssemos se sentir.

Eu tinha planejado ficar até mais tarde — para ajudar Lily a limpar, para falar de tudo o que havia acontecido, para tentar transformar o evento em uma comédia para que não perdurasse como uma tragédia. Mas, quando os primos começaram a partir para seus respectivos bairros e Sofia e Boomer saíram para um encontro romântico, Lily sumariamente me dispensou, dizendo que eu deveria ir para casa com a minha mãe. Eu sabia que ela estava certa, mas, ao mesmo tempo, meu medo era Lily precisar mais da minha atenção do que minha mãe.

Isso pareceu mais próximo da verdade depois que mamãe e eu fomos embora e logo ficou nítido que minha mãe Não Queria Falar sobre o Assunto. Quando saímos da estação de metrô mais perto de casa, meu telefone vibrou com uma mensagem de texto do meu pai:

```
Foi mal ter ido embora. Parecia ser a melhor
escolha.
```

Eu me recusei a responder.
O que parecia ser a melhor escolha.

Segunda-feira, 15 de dezembro

Mandei uma mensagem para Lily mais tarde naquela noite, para saber como ela estava.

Nenhuma resposta.

No dia seguinte, mandei mensagem para ela algumas vezes enquanto estava na escola. Primeiro, para saber como ela estava. Depois, para ter certeza de que ela não tinha visto a mensagem.

Não era típico dela deixar de responder.

Perguntei se ela queria me encontrar depois da escola. Liguei para ela e deixei uma mensagem parecida.

Nada.

No fim da noite, todos os pássaros estavam silenciosos.

quatro

(Lily)

Pássaro rebelde e mimado
Terça-feira, 16 de dezembro

Faltava mais uma semana para o Natal, mas ele já estava arruinado. Eu odeio usar uma linguagem tão feia, mas tudo parecia um cocô.

Acordei com meus pais brigando, em alto e bom som. Boris estava deitado ao pé da minha cama, as patas cobrindo os olhos, choramingando em reação aos tons raivosos vindos do quarto ao lado.

Mãe: Eu não vou me mudar para Connecticut!
Pai: Você *quer* que eu fique desempregado? Deixei um excelente emprego em Fiji por causa do seu pai.
Mãe: Você odiava aquele trabalho! Odiava Fiji!
Pai: *Você* odiava Fiji. Eu não teria deixado o emprego tão cedo se *você* não tivesse insistido.
Mãe: Meu pai teve um infarto! Não podíamos ficar tão longe!

Pai: Seu pai tem quatro irmãos, seu irmão e um monte de netos, sobrinhas e sobrinhos que poderiam ter cuidado dele muito bem. Mesmo que seu irmão diga que vai ajudar, mas nunca se dê ao trabalho de sair de sua cabana de férias no Maine quando precisamos dele.

Mãe: Você odeia minha família!

Pai: Eu não odeio a sua família. Como ousa me acusar disso? Só não sei por que, em nossos 26 anos de casamento, nunca tivemos o direito de nos afastar mais de oito quilômetros deles. Exceto pela po... [Tampei meus ouvidos para não ouvir o resto da palavra que rimava com *zorra*] ... de alguns meses em Fiji.

Mãe (agora gritando): EU NÃO VOU ME MUDAR PARA CONNECTICUT!

(A palavra com "f" também apareceu naquele grito, mas meus ouvidos a censuraram.)

Bem naquele momento meu celular apitou com uma mensagem de texto de Dash:

```
Sinto muito pelo suéter! Você está bem?
```

Eu com certeza não estava bem. Connecticut?!?! Como aquele lugar distante poderia ser uma opção viável? Eu sabia que os diretores geralmente moravam nas instalações dos internatos, mas a escola que contratou meu pai tinha dito que não havia problema se ele morasse em Nova York e fosse e voltasse todo dia, mesmo sendo uma viagem de duas horas em cada sentido. Ele poderia trabalhar no trem. (Ou pelo menos foi o que vovô e eu ficamos sabendo logo depois que meus pais voltaram de Fiji. Talvez não tenha sido a verdade completa, mas uma mentirinha conveniente para nos ajudar a atravessar os primeiros dias da recuperação do vovô.)

Eu tinha ouvido meus pais brigarem antes, é óbvio. Mas as "brigas" deles eram mais como implicâncias típicas de gente velha, e eles quase sempre baixavam a voz se Langston ou eu estivéssemos ouvindo. Mas aquela briga? Foi aos gritos, foi épica e foi assustadora.

A briga nunca teria acontecido se não fosse por ontem. Os pais de Dash devem ter contaminado os meus com sua disfunção e indiferença insensível um pelo outro. Também é possível argumentar que foi minha culpa por ter convidado os pais de Dash, mas na verdade foi culpa deles. Convidei a mãe dele, que recusou, então pensei que era seguro convidar o pai, como gesto de boa vontade que essa época estúpida deveria inspirar. Foi culpa da mãe de Dash por dizer que ela não poderia vir e depois vir assim mesmo, e culpa de Dash por trazê-la, e culpa do pai de Dash por concordar em vir apenas para provar que ele poderia ser o paizão participativo pela primeira vez em seu relacionamento com Dash. Foi culpa de Dash por encontrar seu pai na rua enquanto ele estava com sua mãe e ainda assim seguir para a festa de iluminação da árvore. Dash deveria saber que não tinha como dar certo. Aquelas pessoas juntas são tóxicas. Não é à toa que Dash é tão rabugento.

Mas agora era eu que me sentia rabugenta.

— FIQUEM QUIETOS! — gritei.

Atirei meu celular na parede que compartilhava com mamãe e papai. Mensagens de texto idiotas sobre suéteres. Brigas idiotas.

Aquele suéter idiota, carbonizado e arruinado. Nem mesmo o idiota do gato dormiria nele. Aquele suéter era um símbolo de tudo que havia de errado entre Dash e eu. Esforço excessivo somado a boas intenções não resulta necessariamente em finais felizes de contos de fadas.

Os contos de fadas nem são reais. Eles são idiotas, como todo o resto. Cocô. QUE ESTRESSE!

Após o baque do meu celular contra a parede, as vozes dos meus pais ficaram mais baixas, mas a discussão continuou. Eu podia ouvir algumas frases em entonações mais altas, como "A culpa é *sua*!" e "Quantas pessoas existem neste casamento, afinal?".

Eu não queria sair da cama, mas não queria continuar em casa ouvindo aquela baboseira perturbadora por mais nem um minuto. Connecticut?!? O que aquele lugar poderia ter de bom além da pizza de New Haven?

A porta do meu quarto se abriu.

— Posso entrar? — sussurrou Langston.

— Pode *bater* primeiro? — falei, irritada.

Meu irmão surta se eu não bato antes de entrar no quarto dele caso o namorado dele esteja lá e eles queiram ter privacidade, mas ele nunca bate antes de entrar no meu quarto, já que é sempre seguro presumir que nada muito particular esteja acontecendo aqui. Esse é o tipo de suposição mais irritante, porque está correta. Minha família apenas tolera que eu tenha um namorado porque ele é todo pensativo, mas nem um pouco ameaçador, e a gente não se vê muito, e ele não pode ficar no meu quarto com a porta fechada, e eu ainda tenho hora para chegar em casa.

Langston quase sorriu.

— Rá-rá — disse ele.

Então fechou a porta e pulou na minha cama. Ele ainda estava de pijama, embora eu soubesse que ele deveria estar na aula. Era quase como as manhãs de Natal de quando éramos crianças, nós dois jogados na minha cama vestindo nossos pijaminhas, esperando nossos pais entrarem e nos levarem para abrir os presentes. Da minha cama, Langston e eu escutávamos as discussões de nossos pais na manhã de Natal no quarto ao lado. Mas aquelas "brigas" eram leves, como quando um deles dizia que tinha acabado de embrulhar os presentes, mas não tinha, ou um deles dizia que tinha comprado café no dia anterior, mas não tinha. Ah, os bons e velhos tempos. Antes de "Connecticut" ser uma palavra má e odiosa que anunciava que coisas ruins estavam por vir. Quando a vida era tão inocente...

Meu Deus, como eu amo presentes. Especialmente quando eles vêm acompanhados de pãezinhos doces de Natal recém-assados, cobertos com glacês vermelho e branco. Eu nem me importo se não houver café. Às vezes é impossível não lembrar como eu amo o Natal, e então meu coração dói ainda mais por saber como tudo está sendo uma porcaria este ano. Eu simplesmente não consigo entrar no espírito natalino, não importa quanto tentem me persuadir.

Talvez seja toda essa persuasão que esteja me impedindo. Esses sentimentos têm que acontecer naturalmente. A alegria forçada é o pior tipo. Eu preciso de sinceridade para sentir o Natal.

— O que está acontecendo? — perguntei a Langston.

— Acho que está bem óbvio o que está acontecendo! — disse ele, e não estava brincando; parecia muito sério.

— Eles estão se divorciando?

Presumi que era isso o que acontecia com os pais que brigavam aos berros. Eu me perguntei se deveria sugerir a Dash que ele fizesse um teste de audição para verificar se houve algum dano auditivo causado pela exposição às brigas de seus pais desequilibrados na infância. Provavelmente não. Conhecendo Dash, quando eles brigavam, ele devia colocar fones de ouvidos enquanto se perdia em um livro, mesmo bem novinho.

— Acho difícil — disse Langston. — É só uma fase complicada.

— Como acontece com você e Benny?

Meu irmão e o namorado dele terminam a cada dois meses, e então há uma enxurrada de umas cinco mil mensagens de texto, emojis de choro e de coração, músicas da Robyn, e de repente eles não podem viver um sem o outro mais uma vez.

— Tem uma coisa que preciso te contar — anunciou Langston.

— Eles *estão* se divorciando! — gritei.

— Xiu, não fale tão alto. Óbvio que não estão. Eles estavam brigando ontem à noite, e eu disse a eles o que estou prestes a dizer a você, e acho que isso acionou um alarme neles para outras questões.

Eu arquejei.

— Você está com câncer? E só pode ser tratado em Connecticut!

Universo cruel, por quê, por quê, por quê? Meu irmão ainda nem terminou a faculdade. Não o leve embora tão cedo.

— Pode calar a boca e me deixar terminar? Não, eu não estou com câncer, e, se estivesse, por que iria para Connecticut me tratar, se moro em Nova York?

— Pois é!

— Escute, Lily... Eu queria que você soubesse primeiro por mim e não pela mamãe e pelo papai. Estou me mudando. Benny e eu vamos dividir um apartamento.

Eu ri.

— Não é hora para brincadeiras, Langston.

— Não estou brincando — disse meu irmão.

Um traidor, assim como Dash. Fingindo que está tudo bem e normal quando nitidamente não está.

Sei que há coisas muito piores acontecendo no mundo, mas meu apartamento no East Village é o único lugar onde já morei.

Ele e as pessoas nele *são* o meu mundo, e parecia que meu mundo estava acabando. Meu irmão ia se mudar. Eles ainda não tinham me contado, mas a Sra. Basil E. havia proposto que o vovô fosse morar com ela. Isso deixou meus pais abertos à possibilidade de deixar a cidade; se eles pudessem descobrir o que fazer comigo de uma forma que eu não surtasse. (Engraçado como todo mundo se preocupava com esse dilema *sem me consultar*. Engraçado e enfurecedor.)

O mundo como eu o conhecia e amava estava se desintegrando, e talvez Dash e eu estivéssemos também. Eu podia ver que Dash se esforçava, e isso só fazia eu me sentir mais distante dele. Ele não deveria ter que se esforçar tanto. Ou era ou não era para ser. Como se Boris também soubesse disso, ele tinha acabado de retalhar o suéter carbonizado de presente de Dash, e eu nem me importei. Estava quase feliz. Parecia a maneira apropriada de se livrar do suéter de uma vez por todas.

Meus pais se atrasaram para o trabalho depois da discussão e não pararam para se despedir de mim, nem pedir desculpas por estragar meu dia. Langston saiu para ir a um bazar comprar móveis para o novo apartamento, em vez de me consolar após anunciar que estava me abandonando pelo namorado. O vovô ainda estava dormindo e não devia acordar até que seu agente de saúde domiciliar viesse vê-lo no final da manhã.

De má vontade, vesti meu uniforme e me preparei para a escola, mesmo estando atrasada e sem que mamãe tivesse me deixado um bilhete para justificar meu atraso. Dei um beijo em Boris, mandei que tirasse uma soneca até eu chegar em casa e o lembrei de não avançar na enfermeira do vovô de novo, porque ela carrega spray de pimenta na bolsa e não gosta de movimentos bruscos. Eu estava prestes a deixar o apartamento quando o número de Edgar Thibaud apareceu no meu celular, me chamando no FaceTime.

— O quê? — respondi.

Sentei-me na cama. O rosto de Edgar apareceu na tela, parecendo suado e desgrenhado. Ele tinha se tornado praticamente um *clubber* no ano passado, e estava me ligando enquanto suas peripécias da noite anterior estavam terminando e o meu já arruinado dia estava apenas começando.

— Lily! Cara! Emergência de lámen.

— Como é que é?

Eu podia ver um grupo de garotos rindo e cambaleando na rua atrás dele.

— Precisamos de lámen para absorver o álcool no nosso sangue. Mas nenhum lugar de lámen por onde passamos em Koreatown depois do karaokê estava aberto tão cedo.

Ele não merecia minha ajuda, mas eu ainda não estava com vontade de ir à escola, então não desliguei na cara dele.

— Onde você está agora?

— Como é que eu vou saber?

— Direcione sua câmera para a placa de rua mais próxima, em vez de para o seu rosto.

Aquele rosto. Todo barbado, com olhos de lobo cor de âmbar esverdeado e dentes perfeitos. Além de idiota.

A câmera oscilou primeiro até os pés dele, em sapatos oxford preto e branco, mostrando um vislumbre de calça xadrez de losangos rosa e preto ("Caddie urbano" é como Edgar Thibaud descreve seu estilo pessoal). Em seguida, a câmera desceu até o chão, foi erguida novamente, para revelar um hidrante que parecia ter acabado de ser mijado e depois para cima e para uma placa de rua. Bowery com Canal Street.

Fiz minha varredura mental por restaurantes na região e falei:

— Great N. Y. Noodletown, na esquina da Bowery com a Bayard. Eles abrem cedo.

Eu só sabia dessa informação de bêbado porque era o lugar favorito do meu irmão e do Benny depois de dançarem a noite toda, quando não estavam brigados.

— Nunca vou achar — lamentou Edgar Thibaud. — Venha me ajudar.

— Vou te mandar um link. Preciso ir para a escola. — Suspirei. — Mesmo não querendo.

— Então não vá — disse Edgar, e desligou na minha cara.

Pela primeira vez, Edgar estava certo. Eu sempre fui a garota boazinha. Tiro boas notas, tento cuidar de todo mundo e nunca falto à escola ou aos treinos de futebol ou aos passeios com cães ou às aulas de preparação para os exames finais ou ao trabalho voluntário. Eu me empanturro de carboidratos, pizza e bagels, mas acrescento legumes e verduras neles quando me lembro e se tiver queijo suficiente envolvido. Eu não fumo, não bebo, não uso drogas nem faço nada muito impróprio com Dash. Eu nunca nem disse a palavra com f.

— FODA-SE! — gritei. Uau, isso foi bom. Então repeti: — Foda-se, foda-se, foda-se!

Boris colocou as patas sobre as orelhas mais uma vez e se recusou a olhar para mim.

Enviei uma mensagem rápida para os donos dos cães que eu levaria para passear à tarde, dizendo que estava doente e não poderia cuidar de seus animais hoje, junto com as informações de contato dos meus substitutos. Então joguei meu celular na cama para que ninguém pudesse enviar mensagens de texto ou e-mail ou ligar ou chamar pelo FaceTime ou me marcar em alguma postagem, para que eu pudesse ser quem eu quisesse ser hoje, sem distrações ou intervenções eletrônicas. Saí apressadamente do apartamento antes de perder a coragem de vagar pela cidade sem celular, como nos velhos tempos.

Eu não tinha planos nem destino, então apenas caminhei. Perambular pelas ruas de Manhattan a pé sempre foi uma das minhas maneiras favoritas de encontrar inspiração. Há tanta coisa para ver e cheirar (nem todas agradáveis, a não ser nesta época do ano, que cheira a castanhas-de-caju caramelizadas, ar fresco e *latte* de gengibre). Impossível não me sentir eufórica em um dia como esse, tão ensolarado e quente, o que era chato para dezembro, mas também útil, visto que eu estava andando ao ar livre, as lojas estavam decoradas para as festas e havia uma sensação palpável de alegria entre meus camaradas pedestres.

Verdade seja dita: não havia de fato uma sensação palpável de alegria, mas decidi fingir que havia, na esperança de que a animação natalina se infiltrasse em minha alma perturbada.

— Não seja um passarinho mimado — disse Langston mais cedo, depois que caí no choro quando ele contou que estava se mudando e eu falei que não estava pronta para que ele saísse de casa, ainda mais se isso significasse que meus pais achariam mais fácil sequestrar a filha caçula para Connecticut depois que o primogênito deixasse o ninho. Ah! *Passarinho mimado.* Era o nome com o qual Langston às vezes me provocava, por causa da foto do porta-retrato na lareira da nossa sala de estar, que mostrava o vovô comigo no colo quando eu tinha 5 anos na frente da árvore de Natal, com sua irmã, Sra. Basil E., do lado, e seus irmãos gêmeos, tio-avô Sal e tio-avô Carmine, do outro lado. Na foto, os irmãos estão segurando cervejas, com a boca aberta, mas não prestes a beber, porque estavam fazendo uma serenata para sua garotinha com uma canção de Natal.

Sempre que Langston fica irritado com nossos parentes por me mimarem demais (porque sou a mais nova de todos os netos e, segundo me disseram, a mais encantadora), ele olha para aquela foto dos quatro irmãos fazendo serenata para sua garotinha e, com a melodia de Os *doze dias de Natal*, ele canta: "quatro pássaros mimadores" em vez de "quatro pássaros canoros". Quem sabe o que diabos são — quer dizer, que porra são — pássaros canoros?

Eu sei que sou um passarinho superprotegido e mimado, mas gostaria de evoluir e superar isso. Quero dizer, não a ponto de deixar de ganhar presentes de aniversário generosos em dinheiro, mas certa dose de independência seria saudável.

Caminhei tanto a oeste do East Village que cheguei à Sétima Avenida com a Décima Quarta. O universo havia me colocado na linha 1 do metrô por um motivo óbvio. Eu sabia exatamente para onde queria ir. Peguei a linha 1 no sentido Downtown e fui até o final da linha, em South Ferry, onde peguei a barca para Staten Island.

O vovô não é um de apenas quatro irmãos mimadores. Eles também têm um membro do clã renegado: o tio-avô Rocco, o irmão com quem ninguém fala, exceto quando necessário, porque ele não é muito legal e mora naquele bairro periférico conhecido como Staten Island. Staten Island parece tão distante que daria na mesma se ele vivesse em Connecticut. Ninguém gosta do tio-avô Rocco, e o sentimento é mútuo. Eu sempre assumi para mim a missão de gostar dele, porque alguém tem que gostar das pessoas de que ninguém mais gosta ou o mundo estaria perdido. E descobri que a melhor maneira de se encher de entusiasmo natalino é passar algum tempo com a pessoa mais insuportável que você conhece, e não tem como o mau humor dela não forçar você a se sentir bem, porque gera perspectiva e equilíbrio. Talvez seja por isso que eu ame... quero dizer, goste muito de Dash.

Talvez eu devesse ter chamado Dash para o Curtindo a Vida Adoidada de Lily, mas tudo o que fazíamos juntos nos últimos tempos parecia levar ao desastre. Uma viagem solitária e furtiva a Staten Island era provavelmente uma aposta mais segura.

Minha mãe chama a balsa para Staten Island de "o cruzeiro das mulheres pobres", e eu conseguia entender por quê. Pelo custo mínimo de uma passagem do MetroCard conseguia-se alcançar o esplendor de uma viagem. Enquanto a barca avançava, eu me maravilhava com a convergência dos rios e o *skyline* da cidade, e senti meu humor melhorar de imediato. Acenei para a Estátua da Liberdade e, como sempre, me preocupei com Lady Liberty. O braço dela devia estar tão cansado... Eu gostaria que ela pudesse trocar de braço algumas vezes para aliviar àquele que segura a tocha. Mas o braço da tocha deve ser superforte. Não mexam com ela, bandidos!

Fiquei surpresa com a intensidade com que eu me deleitava com a solidão do dia. Raramente passo algum tempo comigo mesma. Os pássaros mimadores que me mimaram provavelmente estavam certos. Eu *era* encantadora, pelo menos em um dia como hoje, sem celular para me aprisionar, sem responsabilidades, sozinha com meus pensamentos e admirando a água. Era quase Natal! Eu podia sentir os indícios da empolgação natural ao me lembrar de um dos poemas que mamãe costumava ler para nós nesta época do ano, de Henry Wadsworth Longfellow:

Os mais sagrados dos dias santos são aqueles
Em que nos mantemos em silêncio e distanciamento;
Os aniversários secretos do coração,
Quando o rio cheio de sentimento transborda;
Os dias felizes desanuviados ao final;
As alegrias repentinas que se iniciam da escuridão
Como chamas de cinzas; desejos rápidos que disparam
Como andorinhas cantando a cada vento que sopra!

Brancas como o vislumbre de um veleiro que se afasta,
Brancas como uma nuvem que flutua e se desvanece no ar,
Brancas como o lírio mais branco em um riacho,
São essas memórias ternas; um conto de fadas
De alguma terra encantada sabe-se lá onde,
Mas adorável como uma paisagem em um sonho.

Assim que a balsa atracou em Staten Island, peguei o ônibus S62 rumo ao destino mais importante da ilha, a Joe & Pat's, para a mais perfeita fatia de pizza, como meu avô me ensinara. Então caminhei até o posto de gasolina na esquina, que também é uma oficina de automóveis. Tio Rocco é dono do negócio. Eu havia flagrado o vovô e a Sra. Basil E. lendo as avaliações do Yelp sobre o tio Rocco e rindo. "Trambiqueiro" é a palavra mais comum usada nas críticas, mas os clientes também declaram que não vão a nenhum outro lugar, porque nenhuma outra oficina faz um trabalho tão bom, mesmo que o tio Rocco continue os extorquindo.

Tio Rocco estava sentado em uma cadeira do lado de fora da oficina, vestindo uniforme de mecânico e fumando um charuto, apesar de as placas regulatórias nas bombas de combustível afirmarem que não era permitido fumar na propriedade.

— Oi, tio Rocco! — disse eu.

Ele franziu o rosto, tentando me reconhecer.

Apesar de estar quente, eu não tinha conseguido resistir a usar meu gorro vermelho favorito com os pompons pendentes nas orelhas. Acho que foi graças a ele que o tio Rocco finalmente me reconheceu, porque sempre uso esse gorro no único dia do ano em que a família o vê, 29 de novembro, quando vovô e seus irmãos vão visitar o túmulo da mãe em Staten Island, no aniversário da morte dela. O Dia de Ação de Graças seguido por aquela viagem anual ao cemitério é o que normalmente inicia a temporada de Natal para mim, mas não tínhamos feito a viagem naquele ano. Ninguém nem se lembrou disso.

Tio Rocco enrugou a testa.

— Alguém morreu? — perguntou.

— Não, mas o vovô teve um ano difícil — contei.

— Humpf. Tem algum outro motivo para você estar aqui?

— Não.

— Então siga seu rumo. Eu não dou descontos, se estiver precisando abastecer.

— Não estou! — exclamei, animada. — Feliz Natal!

Finalmente. A temporada natalina *havia começado*.

Retornei ao ponto do ônibus S62 para me levar de volta ao terminal das barcas de Staten Island, mas fui arrebatada pelo aroma de gengibre, canela e maravilhas açucaradas em uma vitrine de esquina. Os vidros estavam cobertos com papel e havia uma placa de **ALUGA-SE** na porta. Não havia nenhuma confeitaria funcionando de verdade, mas a porta estava aberta e não pude resistir. O cheiro exigia que eu entrasse.

Lá dentro havia provavelmente uma dúzia de mesas de metal compridas, cada uma contendo casinhas de biscoitos de gengibre em vários estágios de preparação. Igrejas semiconstruídas. Castelos precisando de telhados. Pequenas casas de fadas necessitando de paredes. Na mesa de suprimentos, havia pilhas de sacos de jujubas, M&M's, bengalas doces e balas de hortelã, garrafas de corante alimentício, caixas de biscoitos amanteigados, tigelas de glacê e ferramentas arquitetônicas que minhas mãos ansiavam por usar: alicates, pincéis, recortes de papelão. Era o paraíso. Não tenho ideia do que quero fazer da vida, mas sei que não me importaria de dedicá-la à fabricação de casas de biscoito de gengibre. (O orientador da minha escola me informou que esta não é uma opção viável. Aquele assassino de sonhos. Vou provar que ele está errado!)

Uma mulher jovem vestindo um avental branco de confeiteira estava de pé, debruçada em uma mesa de biscoitos de gengibre, segurando um saco de confeitar com bico na ponta. Ela me viu e deu um suspiro de alívio.

— Graças a Deus! O pessoal da universidade disse que me mandaria gente ontem, mas ninguém apareceu e juraram que alguém apareceria hoje. Você é a estudante do Instituto Pratt?

— Sim — respondi.

Óbvio, por que não.

Ela me entregou um avental.

— Qual é o seu nome?

Não sei por quê, mas eu disse:

— Jana. — Fiz uma pausa, e então percebi como minha nova identidade falsa poderia soar melhor com uma simples mudança. — Com *h* — acrescentei.

— Certo, Jahna com *h* — disse ela. — Eu sou Missoula. Mas todos me chamam de Miss.

— Sim, senhora.

— *Miss.* — Ela examinou todas as mesas. — Não sei por onde começar com você. Só tenho esse espaço até amanhã e preciso finalizar todos esses pedidos até lá. Tenho trabalhado aqui dia e noite a semana toda, estou até dormindo aqui.

Ela apontou para um futon no canto da sala. Nunca imaginei que os fabricantes de casas de biscoito de gengibre tivessem que ser tão *workaholics*. Reconsiderei fazer disso uma carreira e a elegi como um hobby secundário, em vez de um objetivo de vida.

— O que posso fazer? — indaguei.

Será que dava para eu colocar essa experiência nas minhas futuras inscrições para as faculdades?

— Qual é o seu curso?

— Arte culinária — respondi.

Nossa, a Jahna era *muito maneira*.

— Maravilha — disse Miss. — Pode começar pela igreja? Aquela mesa ali precisa ter os vitrais pintados. Já desenhei os contornos, só falta preencher com a tinta.

— Sim! — gritei, e então me toquei: Jahna nunca gritaria. — Quero dizer, tanto faz. Com certeza.

— Talvez leve a noite inteira.

— Sem problemas.

Jahna era uma estudante necessitada e poderia usar o dinheiro da diária de trabalho para bancar a viagem de trem para passar o Natal em sua casa em Vermont. Jahna com certeza era de Vermont. Mas ela pode ter passado um ano na França, estudando, e é por isso que ela conseguia ser tão despojada e sofisticada sem esforço quando não está gritando como uma adolescente idiota que acabou de pisar na Disney pela primeira vez. (Lily fez isso, e continua fazendo isso toda vez que assiste ao vídeo de sua primeira vez entrando no Magic Kingdom.) Lily não precisava se preocupar em ficar até tarde da noite como Jahna prometera, porque certamente o verdadeiro aluno do Pratt apareceria e liberaria Jahna do serviço, e todos ririam sobre a falha na comunicação, e, meu Deus, eu não sabia que *você* tinha se inscrito para esse trabalho. Vá em frente, pode terminar, eu vou para casa agora.

Miss disse:

— Amei sua roupa, eme-de-esse. — Levei um tempinho para entender que ela quis dizer "mds". — É vintage?

Olhei para o meu uniforme escolar. Caraca.

— Vê-éle-dábliu — disse Jahna, para "vlw". — E com cê-tê-zê, com certeza!

Depois disso, descobri que Miss era mais de fazer do que falar. Uma máquina de espalhar glacê, colocar jujubas e construir casas de biscoito de gengibre. O máximo que arranquei dela foi que ela era uma confeiteira freelancer que tinha se atrapalhado naquele ano com pedidos personalizados de casas de biscoito de gengibre. Aquilo era legal. Durante a experiência, eu me senti muito como Dash lendo um livro, curtindo a sensação de solidão enquanto fazia algo que eu amava. Uma tarde decorando casinhas de biscoito de gengibre era a forma mais perfeita de passar o dia que eu poderia imaginar.

O verdadeiro estudante do Pratt ainda não tinha aparecido na hora do jantar, e eu estava com fome. Pedi licença para comer mais uma fatia de pizza no Joe & Pat's e considerei fugir do resto do trabalho, porque minha família devia estar começando a se perguntar onde eu estava. Terminei minha pizza e comprei algumas fatias para levar para Miss. A pizza ajudaria a amortecer o golpe quando Jahna anunciasse que tinha que dar a noite por encerrada.

Miss estava sentada no chão quando voltei, exausta. Entreguei-lhe a caixa de pizza.

— Você é um anjo, Jahna — disse ela. — Você literalmente me salvou hoje. — Ela devorou uma fatia e então disse: — Quer ver o quarto dos fundos? É lá que eu realmente preciso de ajuda. As verdadeiras minas de ouro estão lá atrás.

— *Oui!* — exclamou Jahna. — *J'adore les minas de ouro.*

Lily realmente precisava ir para casa, mas Jahna estava extremamente curiosa para saber o que havia lá atrás. Talvez Jahna tivesse cursado umas matérias de francês. Isso abriria as portas para diversas oportunidades de carreira depois que ela se formasse no Pratt. Ela poderia estudar no Le Cordon Bleu. *Oui, oui, oui!*

Miss continuou:

— Você fez um trabalho muito bonito nas igrejas. Não é religiosa nem nada, é? Porque não quero que se ofenda com o que está na parte de trás. Os biscoitos de gengibre lá atrás são, sabe, proibidos para menores. Nu frontal, se entende o que estou dizendo.

— Sem problemas — declarei. — Não sou nenhuma virgem, rá-rá!

Lily era virgem. Jahna teve um louco caso de amor com o professor de literatura francesa do século XVIII durante seu ano fora. Havia sido totalmente às escondidas, e Jahna se arrependia agora porque ele era duas décadas mais velho que ela, mas, uau, o sexo tinha sido *marrrrravilhoso*. Assim como o champanhe e os morangos com chocolate *après l'amour*.

Jahna pode não ter se abalado com o que viu na sala dos fundos, mas Lily ficou chocada, com os olhos arregalados. Dizer que era "proibido para menores" não era exagero. Meus olhos nunca, nunca tinham desejado ver homens e mulheres de biscoito de gengibre em tantos atos variados de...

— São biscoitos do *Kama Sutra* — explicou Miss. — Em todas as posições principais.

— Eu sabia disso — afirmou Jahna, rápido demais.

— Eles têm até o próprio antro de orgia! — disse Miss, rindo.

Ela apontou para uma casa de biscoito de gengibre concluída, decorada para parecer um clube de cavalheiros, com as palavras **SHOWS DE NUDEZ** escritas em glacê branco no telhado e balinhas vermelhas nas laterais para remeter a luzes vermelhas.

Lily engoliu em seco, mas Jahna disse:

— Irado. Excelente trabalho nos contornos.

Não vou mentir. Os casais de biscoito de gengibre pareciam muito apaixonados e me fizeram desejar experimentar o tipo de prazer ardente que exibiam em seus rostos. Um dia.

Eu mal podia esperar para ir para casa e pegar meu celular, ligar para Dash e esquecer todo o constrangimento dos últimos dias. Vê-lo. Tocá-lo. Salpicá-lo com gengibre, canela e açúcar, depois cheirá-lo e beijá-lo.

— Né? — disse Miss. — Levei semanas para soldar os moldes de biscoito nos ângulos certos das posições.

— Você faz parecer tão fácil — comentou Jahna.

— *Obrigada!* Você trabalhou duro a tarde toda. Merece a tarefa verdadeiramente divertida agora.

Ela me entregou um saco de glacê azul e apontou para várias bandejas de mulheres de biscoito de gengibre sem decoração.

— Essas são as garotas que trabalham no clube de cavalheiros? — perguntou Jahna a Miss, como se soubesse das coisas.

— Longe disso! — disse Miss. — Essas meninas são da realeza. — Ela levantou um pedaço de papel que cobria um desenho pregado na parede atrás das bandejas, mostrando garotas voluptuosas com cabelos compridos e trançados realizando coisas indescritíveis. — Faça com que fiquem assim, parecendo princesas.

— Ah, Elsa e Anna! — gritou Lily.

Lily queria muito ir para casa agora e nunca mais assistir *Frozen* de novo até que aquela imagem fosse apagada de sua mente.

— Né? — disse Miss mais uma vez. — Eu sei, *um sucesso de vendas!*

Aquela era a hora de Lily cair fora, obviamente. Eu sentia falta do meu celular. E de casa. E da mamãe. Mas aí Miss perguntou:

— Quer provar o Magic Mike?

— Hum, quero — respondeu Jahna.

Miss piscou para mim.

— Este é o lote especial.

Dei uma mordida no Magic Mike e, nossa, aquele cara estava delicioso. Ele tinha um gosto um pouco diferente do que eu esperava.

— Qual é o ingrediente especial? — perguntei.
— Né? — disse Miss mais uma vez.

Jahna devia saber qual era o ingrediente especial, mas Lily não. Jahna de novo assentiu como se soubesse e disse "Irado" de novo.

Comi o biscoito, e estava tão bom que tive que comer outro, e depois mais um.

E então fiquei tão relaxada e feliz que me esqueci da vontade de ir embora. De repente, eu estava doida para comer mais pizza, e talvez alguns brownies, e me pareceu que Elsa e Anna estavam realmente atingindo todo o seu potencial artístico nos desenhos de biscoito de gengibre de Miss, e quem era Jahna para questioná-las, só porque Lily era uma virgem puritana fã da Disney.

Jahna colocou a mão na massa.

Quarta-feira, 17 de dezembro

Jahna acordou no futon quando o sol irrompeu por um buraco no papel que cobria as janelas do espaço de trabalho da loja, mas foi Lily quem viu o relógio na parede e entrou em pânico: 11h15 da manhã. CARACA, CARACA, CARACA!

Miss estava dormindo no chão.

Eu não tinha lembrança de pegar no sono na noite passada e não tinha tempo para descobrir por que não tinha ido para casa.

Saí correndo pela porta e voei até o terminal da barca. Ciente do nível da crise, nem parei para comer um bagel. Eu não sabia o que temia mais: o tamanho da encrenca que me aguardava ou que minha família tivesse dado uma de *Esqueceram de mim* e nem tivesse percebido meu sumiço.

A resposta para ambas as perguntas chegou em um monitor de TV na área de espera da barca. A TV estava sintonizada no canal NY1. O som estava desligado, mas na tela eu vi minha foto, na qual usava meu gorro vermelho de pompons, seguida por um vídeo de celular de certo incidente do ano passado. A manchete anunciava: "Adolescente apanhadora de bebês está desaparecida."

cinco

–Dash–

Vão-se os dedos e ficam os anéis
Quarta-feira, 17 de dezembro

Eram cerca de oito horas da noite de terça-feira quando recebi uma mensagem de Langston:

Lily está com você?

Respondi: Não.

Então ele perguntou: Sabe onde ela está?

E mandei de volta: Não.

Então mandei uma mensagem para Lily: Onde você está?

E recebi a resposta: Se ela não tivesse deixado o celular para trás, acha mesmo que eu estaria mandando mensagens para você?

Foi assim que fiquei sabendo que Lily tinha, tipo, *desaparecido*.

Em geral, não seria grande coisa uma adolescente furar seu toque de recolher. É quase um rito de passagem. Mas Lily nunca havia demonstrado nenhum comportamento rebelde, sobretudo porque ela sabia como seu avô ficaria preocupado se ela passasse a noite fora de casa sem avisar.

Por isso estávamos preocupados.

Liguei para nossos amigos, mas ninguém sabia dela. Langston me dava atualizações periódicas e disse que o grupo da família havia sido alertado.

Onze horas, e nenhuma notícia.

Meia-noite, e nenhuma notícia.

`Quem é Edgar Thibaud?`, perguntou Langston por mensagem.

`Um idiota`, respondi. Em seguida, acrescentei: `Por quê?`

`Só me perguntando se ele saberia onde Lily está.`

`Por quê?`

`Nada não.`

Estranho. Eu não fazia ideia de que Edgar Thibaud e Lily ainda mantivessem contato, mas era justamente isso que a pergunta de Langston insinuava.

Deixei para pensar nisso depois.

00h30: Nenhuma notícia.
1h00: Nenhuma notícia.

Eu não conseguia dormir. Só cochilava, acordando a cada hora para pedir notícias a Langston.

2h00: Nenhuma notícia.
3h00: A polícia foi notificada.
4h00: Fiz ligações para hospitais.
5h00: Nenhuma notícia.
6h00: Foi avistada! Em Staten Island.
6h01: Mandei mensagem para Langston: Então vamos para Staten Island, certo?
6h01m30: Certo.

Enquanto eu me vestia, explicava à minha mãe sonolenta por que precisava faltar à escola, saía do apartamento e me deslocava até o Centro para pegar a barca, tudo em que conseguia pensar era: *Deve ser culpa minha*. Um namorado melhor teria evitado que a namorada desaparecesse. Um namorado melhor não teria dado nenhuma razão para a namorada desaparecer. Ele não teria incendiado sua festa de Natal. Ele saberia como decifrá-la mesmo que ela estivesse agindo de forma indecifrável.

Onde está você, Lily?, pensava eu sem parar.

— É tudo culpa minha.

Langston não pareceu feliz por estar me dizendo aquilo. Mas parecia sentir que precisava desabafar.

— Por que está dizendo isso? — perguntei.

Estávamos de pé no convés da barca de Staten Island, embora estivesse realmente muito frio e muito cedo para ficar na área descoberta. A embarcação se afastava do cais, e nossas mentes estavam começando a pegar no tranco. Embora muitas pessoas houvessem desembarcado em Manhattan, rumo aos seus empregos nos arranha-céus, não havia muita gente indo para Staten Island àquela hora. Estávamos fazendo o caminho inverso.

A princípio, não achei que Langston fosse me responder — se passou tanto tempo que comecei a me perguntar se realmente havíamos dito alguma coisa, ou se era apenas um delírio do sumiço de Lily que estava induzindo conversas imaginárias. Mas então Langston levantou a mão direita e me mostrou um anel de ouro que estava usando no dedo mindinho.

— Benny e eu decidimos começar a levar nosso relacionamento a sério. O que significa morar juntos. E morar juntos significa sair do prédio em que morei a maior parte da minha vida. Eu contei isso a Lily ontem, e ela não reagiu muito bem. Eu sabia que não reagiria bem... mas acho que esperava estar errado. Que ela entenderia. Mas por que ela entenderia?

— Quer dizer que ela não conseguiria entender por que ela não está, sabe, em um tipo de relacionamento duradouro como, digamos, o seu?

Langston balançou a cabeça.

— Nem tudo que eu digo é uma reprovação a você, sabe.

— Não. Talvez seja apenas uma provação. E, então, quando você repetir a mesma coisa vinte minutos depois, *aí* será uma reprovação.

Langston assobiou e olhou para a água, como se talvez a Estátua da Liberdade fosse se solidarizar com ele por estar preso ali comigo.

— O engraçado — disse ele, ainda de frente para a baía — é que Lily é a única pessoa que conheço tão tensa quanto você. *Pensar* é seu passatempo favorito, não é? Às vezes é encantador, mas outras vezes é completamente exaustivo.

Não era típico de Langston admitir que Lily e eu tivéssemos algo em comum. Então decidi encarar como um elogio. E, ao mesmo tempo, decidi não insistir na questão.

Segui o olhar de Langston e olhei para a água também. Para a Ellis Island. Para os gigantes que se afastavam ao longo da linha costeira de Downtown. Todo mundo que morou em Manhattan a vida inteira sempre fica dividido ao sair de lá. Existe a satisfação de escapar, por um tempo. Mas isso é fortemente contrabalançado pela sensação de deixar toda a sua vida para trás e vê-la a distância.

Eu queria que Lily estivesse ao meu lado. Sabia que não fazia sentido, já que, se ela estivesse ao meu lado, eu não a estaria procurando — mas, ao mesmo tempo, parecia que fazia todo o sentido. Ela era a pessoa com quem eu mais queria compartilhar a vida, e eram os momentos de observação que me faziam sentir isso com mais intensidade.

Eu não saberia dizer se Langston estava pensando em Benny, ou em Lily, ou se ele não estava pensando em ninguém. Eu não estava compartilhando aquele momento com Lily, mas estava compartilhando com ele. Ou pelo menos eu sabia que compartilharia com ele se continuássemos conversando, se conectássemos minha experiência do momento e a experiência dele do momento.

— Quer ouvir algo estranho? — falei, minha voz um pouco mais alta para superar o barulho do vento. — Esta é a primeira vez que pego a barca para Staten Island. Sempre quis vir, mas nunca foi uma prioridade. Peguei a barca para ver a Estátua da Liberdade em uma excursão no quinto ano, mas, fora isso, me mantive longe da água.

— Uma vez namorei um cara de Staten Island — replicou Langston. — Conheci os pais dele no primeiro encontro.

E no segundo encontro. E no terceiro. Então costumo associar o bairro a caras que não querem ficar longe de suas famílias. Infelizmente, no quarto encontro, *eu* queria ficar longe da família dele.

— Quando você terminou com ele, fez algo drástico? Tipo, digamos, queimar a árvore de Natal deles?

Langston não sorriu.

— Que tipo de perturbado faria isso?

— Um perturbado pelo amor?

Agora ele sorriu... um pouco.

— Esta, senhor, é uma questão muito interessante.

— "Sempre incendiamos aqueles que amamos..."

— "... justamente aqueles que não devemos incendiar."

— Exato.

Ponto final. Mais vento. Mais observação. A Estátua da Liberdade tinha ficado para trás, não mais nos cumprimentando; em vez disso, parecia que a deixamos se virar sozinha, esperando o cara que ela conheceu na internet cujas primeiras palavras para ela seriam: "Você parecia menor na sua foto do perfil."

Langston virou-se para olhar a ilha da qual nos aproximávamos.

— A resposta é: não queimei a árvore dele. Nem a casa dele. Nem seu coração. Eu simplesmente parei de falar com ele. Voltei para Manhattan e desapareci. Imagino que ele tenha encontrado um bom rapaz da vizinhança e suas famílias jantem juntas todos os domingos às cinco.

Não pude evitar, tive que perguntar:

— Isso é coisa de família? Desaparecer?

Desta vez ele se virou para mim.

— Sim. Mas você tem que entender... Lily não é como o restante de nós. Lily é a melhor que temos.

— Espero que não se importe se eu concordar com isso. Embora ela *pareça* mesmo ter desaparecido.

Avistamos a Staten Island, suas casas e colinas oferecendo um contraste com a terra que havíamos deixado. Achei que levasse mais tempo para chegar lá. Tive que lembrar a mim mesmo que ainda estávamos na mesma cidade. Se nossas informações estivessem corretas, Lily estava mais perto. Porém ainda desaparecida.

— É tudo culpa minha — me peguei dizendo a Langston.

Ele se apoiou no parapeito, enfiou as mãos nos bolsos do casaco.

— Por que está dizendo isso?

— Não tenho conseguido me aproximar dela. E, se eu não consigo alcançá-la, não tenho como evitar que ela se perca.

O toque de uma buzina abafou qualquer resposta possível. A barca engasgou, como se estivesse pensando duas vezes. Em seguida, atracou na doca.

— Vamos — disse Langston.

Eu o segui pela rampa até o terminal. Quando chegamos ao portão que dava para a rua, perguntei:

— E agora?

— Eu sinceramente não faço ideia.

Não era isso que eu queria ouvir. Imaginei que ele tivesse um plano de verdade, envolvendo triangulação de coordenadas, apuração de bairros, interrogatório de samaritanos.

— Bem, onde ela foi vista pela última vez? — indaguei.

— Na oficina do meu tio exilado. Mas isso foi há muitas horas. E a Staten Island é bem maior do que se pensa. A maioria das pessoas aqui tem carros.

— Carros?

— É sério, carros.

— Então o que devemos fazer? Pegar um táxi e sair por aí, procurando por ela?

— Não sei. Ajudaria se houvesse lugares favoritos que pudéssemos checar, ou se tivéssemos alguma ideia do que ela estava fazendo aqui. Mas não sei para onde ela iria. E não parece ser muito útil nos separarmos e ficarmos rodando por aí. A gente só iria se perder.

— Então o que estamos fazendo aqui?

— Tentando fazer com que nos sintamos melhor. É isso que os caras fazem.

Suspirei. Quanto mais eu pensava nisso, mais estúpido parecia vagar pela Staten Island em busca de uma garota. Não era só uma questão de procurar uma agulha; não conseguiríamos nem achar os palheiros certos.

— Ela vai voltar — continuou Langston. — E, quando isso acontecer, será de barca. Então talvez devêssemos ficar na barca até que ela suba a bordo. Aí a encontraremos.

— Mas e se ela foi raptada? E se ela precisar da nossa ajuda?

— Quando foi a última vez que você renovou sua licença de detetive, Sherlock? Não acho que sejamos os melhores cães para farejar esta Baskerville. E cada instinto fraternal no meu corpo está me dizendo que Lily não foi raptada. Acho que ela foi passear. Não sei se quer ser encontrada, mas também acho que vai ser importante ela saber que estávamos tentando encontrá-la. Então vamos voltar para a barca.

Um anúncio foi feito: a barca estava prestes a partir novamente.

— Todos a bordo — disse eu.

Não conversamos durante três travessias. Na quarta, a novidade do vento no convés havia perdido a graça e encontramos um banco lá dentro. A princípio, me ocupei olhando para nossos companheiros de viagem. Quando a barca estava indo para Manhattan, ia cheia de pessoas concentradas em suas próprias rotinas, como se tivessem cronometrado a leitura de jornal de acordo com cada quilômetro percorrido, o consumo de rosquinha calculado para que a última migalha fosse lambida bem na hora de se levantar e desembarcar. Na viagem de volta a Staten Island, elas se pareciam mais comigo e com Langston — pessoas que não se deslocavam a estudo ou trabalho, estavam temporariamente à deriva e um pouco aflitas.

Havia um homem na casa dos 50 viajando de um lado para outro também, lendo um romance de Jonathan Franzen em um ritmo geralmente reservado para geleiras e crianças bêbadas. Em um momento ele ergueu o olhar enquanto eu observava, e fugi do contato visual o mais rápido que pude... e mesmo assim foi tarde demais. Fiquei com medo de estar agressivamente encarando as pessoas depois daquilo.

Então me peguei olhando para o anel que Langston estava usando. Pensei em Benny e ele morando juntos, dando aquele passo. Langston me flagrou e ergueu uma sobrancelha.

— Como você soube? — perguntei a ele. — Quero dizer, o que te fez ter certeza de que vocês estavam prontos para dar esse passo?

Eu meio que esperava que ele dissesse que não era da minha conta, ou que não havia como eu entender. Mas, em vez disso, ele me encarou sério e respondeu:

— Acho que não é uma questão de estar pronto... quero dizer, não em um sentido absoluto. Você nunca está completamente pronto... você apenas chega ao ponto em que está pronto o suficiente. No nosso caso, não decidimos morar juntos... apenas dormimos na casa um do outro tantas vezes que já quase morávamos juntos, então percebemos que seria muito mais prático fazer isso de vez.

— Mas você o ama? Digo... *trocar anéis*!

Langston sorriu e começou a brincar com o anel, girando-o para a frente e para trás no mindinho como se quisesse provar que não estava saindo do dedo.

— Lógico que eu o amo. E eu poderia até amá-lo o bastante para parar de ter tanto medo. É isso que temos que descobrir. E esta é a maneira de descobrir... acordar todas as manhãs e começar cada dia juntos, ser a continuidade um para o outro, mesmo quando todo o resto é efêmero ou inconstante ou cruel. No fundo eu sei que posso viver sem ele e no fundo eu sei que não quero... É um bom lugar para começar, certo?

Eu concordava... e queria saber mais.

— Mas como se chega lá? Como se chega nesse ponto?

Langston largou o anel e recostou-se no banco.

— Está falando de você e Lily?

— Acho que sim.

— Você *acha*?

— Quero dizer, sim. Quero dizer... sinto que poderíamos ter isso, sabe? De algum modo. Em algum momento. Mas toda vez que chegamos perto, ficamos tímidos. Não estou dizendo um com o outro. É mais como se ficássemos tímidos com nós mesmos. Eu não penso em Lily e eu sendo bons o bastante juntos... eu penso se eu sou bom o bastante para Lily. Eu tento ser um pontinho de luz na vida dela. E, às vezes, quando estamos juntos, é luminoso. Mas, na maioria das vezes, sou apenas um pontinho. Tudo parece grande demais, e eu sou apenas um pontinho.

— E apenas intermitentemente luminoso.

— Caramba, valeu.

— Não... isso é legal. Quando é luminoso demais, fica difícil de olhar.

Aquilo não era reconfortante. Não era nada, para falar a verdade. Eu nem sabia mais o que estava dizendo. Estava inquieto. Falar sobre Lily geralmente me fazia sentir como se ela estivesse ali de alguma forma, do mesmo jeito que pensar nela a trazia para mais perto de mim. Mas não estava funcionando naquele momento.

— Isso é inútil — disse eu.
— O quê?

Era frustrante ter que explicar — ele não sentia o mesmo?
— Esperar aqui. Falar. Pensar. Tudo parece inútil. Ela vai fazer o que quiser fazer, vai voltar para casa quando quiser voltar para casa e, no final das contas, vai ficar comigo se quiser ficar comigo.

— E você quer ficar com ela?
— *Sim*.
— Ela sabe disso?
— O que *você* acha?
— Não sei.

Ah, ótimo, pensei. *Isso não é nem um pouco tranquilizador*. E então me senti idiota por querer garantia quando nem sentia que merecia.

Langston continuou:

— É o paradoxo, não é? As pessoas que você conhece melhor, as pessoas que você mais ama... você também vai ter que encarar as partes delas que conhece menos. Posso falar sobre o cereal matinal que Benny come, o par de meias favorito, a parte de um filme, qualquer filme, que o fará chorar. A maneira como ele dá um nó na gravata. Os apelidos que ele tem para cada um dos primos. A terceira pior desilusão amorosa que ele já teve. E a sétima. E a décima, que nem deveria contar. Mas haverá momentos em que ele vai cair nessa profunda incompreensibilidade, quando ele vai gostar de algo ou precisar de algo ou não precisar de algo que eu não vou conseguir acreditar que ele gostaria ou precisaria ou não precisaria, e eu vou ficar com medo de ter entendido tudo errado sobre ele, incluindo o nosso relacionamento.

— E aí você faz o quê? — indaguei.

Eu queria muito, muito saber. Não havia mais ninguém que pudesse me dizer. Nenhum dos meus amigos chegou àquela altura. Meus pais chegaram, mas depois despencaram dela com força.

— Eu espero — respondeu Langston. — Lembro a mim mesmo de que não preciso saber de tudo, que no interior de cada um sempre haverá compartimentos essenciais que serão desconhecidos. Eu amplio minha definição dele, e ele se torna reconhecível de novo.

— Não é que a Lily esteja irreconhecível. É só que ela... não está tão presente.

Langston suspirou.

— Bem, tem muita coisa acontecendo.

— Eu sei disso. Juro que sei.

— Não falei isso para fazer você se sentir mal. Na verdade, foi para fazer você se sentir melhor.

— Não acho que conseguiu.

— Olha, eu também estou preocupado. Quando Benny e eu decidimos, a parte mais difícil foi imaginar como isso afetaria Lily. Eu quase disse não... eu sinceramente não sabia se conseguiria dar esse passo. Mas Benny... Benny me fez uma pergunta muito boa: "Quem você está ajudando com isso?" O que significa: Lily vai precisar encontrar o próprio caminho, e ela vai precisar crescer para além do nosso apartamento e da nossa família. Não vou gostar quando ela traçar o próprio caminho, da mesma forma que tenho certeza de que ela não está gostando do fato de eu estar traçando o meu. Mas, se a gente não fizer isso, vai ficar a vida inteira no mesmo lugar.

Eu conseguia me distanciar o suficiente da conversa para entender que a ideia de Lily seguir seu próprio caminho não era uma condenação à ideia de ela ficar comigo. Eu sabia que Langston estava falando sobre eles dois, não sobre mim ou qualquer outra pessoa.

— Eu devia ir para a escola — comentei.

Eu queria que ele contestasse e não queria que ele contestasse.

— Talvez seja uma boa ideia — disse ele. — Este trabalho não requer dois pares de olhos. E, quando eu encontrar Lily, pode ter certeza de que ela vai ficar sabendo dos seus esforços.

Esta foi a diferença causada por aquele dia: antes, eu acharia que ele estava sendo sarcástico. Naquele momento, eu sabia que ele estava sendo sincero.

Que doideira seria ter conquistado o irmão de Lily, mas ter perdido a Lily!

Tentei não pensar nisso.

Não tive muito sucesso.

Na vez seguinte que atracamos no Battery Park, desembarquei. Quando a barca se afastou mais uma vez, avistei Langston no convés.

Acenei com a cabeça para ele.

Ele acenou de volta.

Então a barca se foi, e tudo o que restou foram as ondas.

Outra pessoa poderia ter faltado à escola. Poderia ter tirado o dia de folga, voltado para a cama. Mas eu queria a distração das pessoas falando dos planos para as férias de inverno. Eu queria a última rodada de aulas, a última rodada de matar o tempo.

Ou pelo menos foi o que eu disse a mim mesmo. Mas, uma vez que cheguei lá, eu não estava presente de verdade. Ficava toda hora checando o celular. A notícia do desaparecimento de Lily havia chegado ao noticiário, e muitas pessoas estavam usando a mim como válvula de escape para sua preocupação. Amigos querendo saber se poderiam ajudar. Amigos perguntando se eu queria conversar. Amigos questionando para onde ela havia ido, como se eu estivesse mantendo isso em segredo, mas fosse contar a eles, somente a eles, ninguém mais além deles.

Meu pai ligou.

Que estranho ele estar preocupado, pensei.

No entanto, quando atendi — bobo que sou —, descobri que a ligação não tinha nada a ver com Lily.

— Leeza queria que eu confirmasse se você passará o Natal conosco — informou ele. — Ela tem que fechar a quantidade de pessoas para a reserva e está no meu pé.

Aquela era a primeira vez que ouvia falar da reserva, ou dos planos.

— Pai, não faço ideia do que você está falando — respondi. — E não pode simplesmente me mandar uma mensagem, como todos os pais fazem?

— Tenho certeza de que contei para você. Não contei?

— Talvez você fosse contar antes de fugir da festa da Lily.

Eu sabia que estava passando dos limites, mas não me importava. Ao menos uma vez, eu queria ser aquele que traçava os limites.

— Olha como fala, Dash.

— Puxei a você, pai — respondi.

Então desliguei.

Deveria ter me sentido bem com isso, mas não me senti. Não iria encerrar nada. Só iria irritá-lo ainda mais.

Minha namorada está desaparecida, eu deveria ter sido capaz de dizer a ele.

O que posso fazer para ajudar?, ele deveria ter sido capaz de perguntar.

Mas nós dois éramos fundamentalmente incapazes.

Pelo menos eu tinha aprendido a lição de que os amigos podem compensar as falhas de sua família. Entre o terceiro e o quarto períodos, Sofia e Boomer me pararam nos corredores, e fiquei grato por isso.

— Ouvimos a notícia — disse Sofia. — Podemos fazer alguma coisa?

— Se quiser — sugeriu Boomer —, posso falar com aquela Amber da minha turma de química e ver se ela consegue emitir um alerta Amber.

— Acho que não funciona assim — contestou Sofia. — Mas é uma boa ideia.

— Será um prazer — disse Boomer. Então ele olhou para mim e ficou com a cara no chão. — Não que eu vá sentir prazer com isso. Não vou, juro.

— Tenho certeza de que ela voltará logo — assegurei a eles. — Acho que ela só precisava de um pouco de espaço.

— Então talvez ela esteja no planetário!

— Entendo sua lógica, meu amigo. Vou mandar uma mensagem para o irmão dela e pedir que ele verifique.

Aquilo deixou Boomer feliz. Então, novamente preocupado por parecer feliz demais, ele tentou ficar mais sério outra vez. Não era uma expressão que caía bem nele. Por fim, ele disse:

— Está na hora da aula de inglês... é melhor eu ir!

E saiu depressa pelo corredor.

Sofia girou o corpo e o observou partir. Admiti a contragosto para mim mesmo que o jeito como ela fez isso tinha sido fofo.

Eu me perguntei se fazia a mesma coisa com Lily. E então me perguntei se era o tipo de coisa que a pessoa notaria enquanto estava fazendo, ou se era uma daquelas coisas que fazia sem perceber, tipo respirar.

— Ela foi para Staten Island — contei a Sofia. — Tentei encontrá-la, mas não consegui ir além da barca.

— A maioria das pessoas não consegue — disse Sofia. — A menos que morem em Staten Island.

Eu já tinha namorado a Sofia. Agora queria perguntar a ela se eu tinha sido um bom namorado, se, mesmo que nós não tivéssemos dado certo, se ela acreditava que eu poderia dar certo com alguém. Só não conseguia encontrar um jeito de perguntar.

Mas Sofia deve ter sacado de alguma maneira. Porque ela olhou para mim e falou:

— Onde quer que ela esteja, o que quer que ela esteja fazendo, não é sobre você. É sobre ela. E você tem que permitir que seja sobre ela. Às vezes não queremos ser encontradas imediatamente. Se nos afastamos, é porque precisamos ser encontradas em nossas próprias condições.

— Você não desapareceu — ressaltei.

— Talvez sim — retrucou ela. — Talvez eu faça isso.

O sinal tocou.

— Ela não vai te largar — disse Sofia antes de ir. — Se ela estivesse te largando, você saberia.

Mas eu não tinha certeza do que sabia. Ou do que notava.

Finalmente, pouco antes do meio-dia, Langston mandou uma mensagem:

```
Encontrei Lily. Sã e salva.
```

Eu sabia que ela ainda não estava com o celular, a menos que Langston o tivesse levado com ele. (Eu não tinha pensado em perguntar.) Mas mandei uma mensagem para ela de qualquer maneira, imaginando que fosse ler assim que chegasse em casa:

`Bem-vinda de volta`, escrevi. `Senti sua falta.`

Então esperei a resposta dela.

seis

(Lily)

Gansos rebolando
Quarta-feira, 17 de dezembro

Não sei por quê, mas não fiquei nem um pouco surpresa quando entrei na barca e vi meu irmão lá dentro, me esperando.

Langston me puxou para um abraço, mas o aperto forte foi mútuo.

— *Nunca* mais dê um susto desses na gente — disse ele.

Quando a barca saiu do cais, nos levando de volta a Manhattan, meu irmão ligou para nossos pais no celular pelo FaceTime.

— Onde você estava? — gritou mamãe.

Ela aparentava não ter dormido a noite toda.

— Eu precisava de um tempo — respondi. Não estou orgulhosa de informar que depois disso entrei no modo mentirosa. Não sei o que se passa com os adolescentes, mas mentir parece ser uma necessidade que vem junto com o pacote hormonal. Todas as pessoas de sua vida ficam esperando que você aja como adulto e depois ficam bravas quando você experimenta a independência. — Fui ao quarto do pânico do tio Rocco. Peguei no sono, e estava tão escuro lá dentro que só acordei faz meia hora. Desculpe por ter deixado vocês preocupados.

Havia um precedente para a mentira. Era de conhecimento geral que, em muitas das viagens anuais a Staten Island para visitar os túmulos da família, eu fugia das brigas familiares com o tio Rocco me escondendo no bunker da Guerra Fria construído em um porão secreto na oficina dele, a dois quarteirões de distância do cemitério.

O que eu deveria contar? *Estou me sentindo perdida e confusa e não queria ir para a escola, então fui para Staten Island e assumi uma nova identidade lá. Está me acompanhando? Jahna, você iria gostar dela, é muito mais descolada do que eu, ela foi atraída para uma encantadora operação de produção de casas de biscoito de gengibre e ficou um pouco estranha depois de comer uns biscoitos do Magic Mike. Então Jahna se transformou numa máquina de decoração de biscoitos de gengibre impróprios com tema de* Frozen *e apagou por causa do tal ingrediente secreto que tornava os biscoitos do Mike tão mágicos, acordando como a velha e chata Lily de sempre menos de uma hora atrás.*

A mentira apenas me relegaria ao status de "Lily está sendo excêntrica de novo e talvez seja melhor voltar para a terapia". A verdade provavelmente me mandaria na mesma hora para uma clínica de reabilitação.

— Nunca, nunca mais faça isso — ordenou papai. — Acho que envelhecemos uma década em uma noite por sua causa.

Olhei para o rosto da minha mãe e pude enxergar raiva e fadiga, mas também senti outra coisa: calma.

— Fiquei preocupada — disse mamãe. — Mas de algum jeito eu sabia que você estava bem. Eu sentia. Quando minha mãe morreu, quando meu primo Lawrence sofreu aquele terrível acidente de carro, quando o vovô caiu, eu soube antes mesmo de receber os telefonemas de que algo terrível havia acontecido. Eu não tive essa intuição ontem à noite. Por mais que estivesse em pânico, tinha certeza de que você estava bem, onde quer que estivesse.

Provavelmente não era a hora de apontar erros, mas foi o que fiz.

— Alertar o canal NY1 não foi um pouco de exagero? — questionei.

Papai respondeu:

— Eles têm uma quedinha por você. Tiveram um pico de audiência com o incidente de agarrar o bebê.

— Isso não é uma quedinha — contestei. — Isso é oportunismo.

Mamãe continuou:

— Esperamos até o nascer do sol e, como ainda não tínhamos notícias suas, pensamos que alertá-los poderia fazer você sair de onde estava se escondendo. E deu certo. Tio Rocco assistiu ao boletim de notícias e ligou para dizer que tinha visto você na ilha ontem.

— Passaram do ponto — disse eu.

— Não acho que você esteja em posição de criticar — disse mamãe.

— Falaremos sobre isso quando você chegar em casa — declarou papai. — Reunião de família.

— Sinto muito — falei. — De verdade.

Seus rostos desapareceram do celular de Langston quando ele encerrou a ligação. Langston disse:

— Foram cinco idas e voltas nessa barca, esperando por você.

Era como se ele quisesse ouvir um "Obrigada". Mas não agradeci. Eu estava muito irritada com ele por estar pronto para sair da nossa casa. Eu queria estar feliz por sua felicidade com Benny, mas estava triste demais por mim. Eles estavam prontos. Eu não estava.

Como não falei nada, Langston acrescentou:

— Dash veio comigo nas primeiras viagens de barca. Ele estava muito preocupado também.

— Ah — foi tudo o que eu disse.

A suposta preocupação de Dash era como a árvore de Natal que ele me dera de presente. Ele agiu como se quisesse estar lá por mim, e então abandonou o barco cedo demais. Frio, impenetrável. Por que ele tinha que ser tão bonito e carinhoso, mas não apaixonado?

Dash era uma complicação na minha vida. Eu tinha preocupações mais urgentes. Tipo: onde eu iria morar se a casa da minha família estava se despedaçando?

— Ele é um cara decente — disse Langston, fazendo meu rosto se virar para ele, em choque.

— Então você gosta de Dash agora? — perguntei, incrédula.

— Eu *tolero* Dash agora.

Tudo o que eu sabia sobre o mundo estava completamente fora do eixo, e eu estava confusa e assustada, mas também reconhecidamente intrigada com o mistério e a agitação das novas direções que minha vida poderia estar *tomando*. Então falei:

— Eu *tolero* que você e Benny possam ser felizes juntos no novo apartamento que não aprovo, mas que apoiarei de qualquer maneira.

— É assim que me sinto sobre você namorar Dash. — Pausa. — Ele realmente se importa com você.

Esse é o problema, pensei. Eu amo. Dash se importa. Isso dói.

— Então por que ele não está aqui agora? — indaguei.

— Ele tinha que ir para a escola. Pelo visto, Dash leva a escola mais a sério do que você tem levado nos últimos dias. — Meu irmão me fitou com malícia e então perguntou: — Então onde você estava de verdade?

— Na produção de uma orgia de biscoitos de gengibre.

— O sarcasmo não combina com você, Lily. Se não quer me contar, tudo bem.

Voltamos para casa enquanto mamãe e papai se preparavam freneticamente para uma viagem de uma semana em Connecticut, por causa da festa de fim de ano da escola do papai e o encerramento do semestre acadêmico. Outro motivo para a viagem era que mamãe pudesse ver e experimentar pessoalmente os aposentos do diretor, na expectativa de que pudessem se mudar para as instalações do internato no próximo ano.

A reunião da família durou um minuto nova-iorquino.

Punição acadêmica: como eu havia faltado à aula, a política da escola não permitiria que eu compensasse o conteúdo dos dois dias que eu havia perdido, e minhas notas sofreriam as consequências. Além disso, fui suspensa pelos últimos dois dias de aula antes do recesso de fim de ano, o que não entendi, porque essa "punição" estava mais para presente. Mais dois dias de folga! E daí se eu não pudesse compensar as tarefas escolares perdidas? Eu poderia usar esse tempo para assar biscoitos, passear com cachorros, criar presentes de Natal e fazer coisas muito mais interessantes do que estar na escola.

Punição dos pais: exceto pelas atribuições de passear com os cães, eu estava de castigo até o Natal.

Eu nunca tinha ficado de castigo. Não sabia nem o que isso significava tecnicamente. Acho que meus pais também não, porque eles emitiram o decreto pouco antes de deixarem a cidade, efetivamente tornando a punição inexequível. (Não mencionei esse detalhe.)

Para ser sincera, eu não me sentia tão mal assim por deixar meus pais sem dormir por uma noite. Eu era uma garota de Manhattan. Os desertores que estavam considerando Connecticut mereciam o estresse.

Vovô, no entanto, não. Ele disse:

— Vou ficar um tempo na casa da minha irmã. Tem muita agitação aqui. Você não precisa mais se preocupar em me levar às consultas médicas.

— Eu gosto de fazer isso, vovô! — afirmei.

Ele usou a bengala para levantar a parte inferior da perna da calça, revelando um hematoma na canela.

— Está vendo isto? — perguntou, apontando para o machucado com a bengala.

— O que aconteceu?

— O que aconteceu foi que você não apareceu para o seu turno como voluntária no Centro! A Sadie do quarto 506 estava tão brava por não ter você lendo para ela hoje que me deu um chute.

— Desculpe, vovô.

— E eu não acertei meus palpites no *Roda a Roda* sem meu amuleto da sorte sentado ao meu lado.

— Desculpe, vovô.

— Eu *odeio o Roda a Roda*! A única coisa que faz com que seja tolerável ficar com todos aqueles velhos caretas é ter você lá para assistir conosco.

— Desculpe, vovô.

Que tipo de monstro eu era?

Vovô não me olhou nos olhos.

— Você está de castigo! — Foi tudo o que ele disse.

Então ele se levantou, agarrou a bengala e mancou para longe de mim.

Vê-lo dar as costas para mim foi o pior castigo que eu poderia ter imaginado. Partiu meu coração.

Quando recuperei meu celular na nova prisão temporária que era o meu quarto, vi a mensagem de texto de Dash:

```
Bem-vinda de volta. Senti sua falta.
```

```
Também senti sua falta, respondi.
```

Adormeci segurando o celular, com meu cachorro e o gato do vovô me mantendo aquecida. Desejei que o calor tivesse vindo de Dash em carne e osso, me abraçando forte, e não de Dash mandando mensagens de texto ruidosas sem dizer nada.

Quinta-feira, 18 de dezembro

Edgar Thibaud estava sentado em sua mesa de sempre no Tompkins Square Park quando passei com o grupo de cães daquele dia. Ele jogava xadrez com o campeão do parque, um idoso chamado Cyril que tem dreadlocks rastafári com mechas de cabelos grisalhos e usa uma boina que ganhou de Edgar durante um torneio na primavera passada.

Edgar disse:

— E aí, Lily? Onde você esteve? Não vi você aqui ou no centro de idosos esta semana.

— O parque não é o mesmo sem você e seus cachorros — comentou Cyril, contemplando uma fileira de torres no tabuleiro de xadrez.

— Mas cheira melhor sem aquelas máquinas de cocô — declarou Edgar. Ele encarou Boris com olhos acusadores. — Sim, estou olhando para você, amigo.

Com Edgar nunca sei se quero estrangulá-lo ou tentar reabilitá-lo.

— Não seja grosseiro com meu cachorro, por favor — falei para Edgar.

Boris latiu em concordância.

— Vai à minha festa hoje à noite? — perguntou Edgar.

— Que festa?

— Minha festa anual do suéter de Natal.

— Você dá uma festa anual do suéter de Natal?

— Agora eu dou. Com meus pais em Hong Kong, a casa só para mim e a coleção de suéteres de Natal que acabou de voltar da lavanderia, uma festa se faz necessária.

— Posso levar Dash?

— Precisa?

— Meio que sim.

Edgar suspirou.

— Imagino. Traga quem quiser. TSB.

— O que é TSB? — indaguei.

— Traga sua bunda! — disse Cyril com uma risada.

— Acredite, ela vai trazer — disse Edgar. — O nome do bundão é Dash. Mas diga a ele para levar a própria bebida.

— Acho que Dash não bebe álcool.

— Lógico que não. Deus o livre de realmente se divertir uma vez na vida.

— Ela era uma garota tão boazinha antes de conhecer você — disse Langston a Dash, que veio à minha casa me buscar para a festa.

Eu estava de castigo, mas Langston estava no comando durante a ausência dos meus pais. Não só havia uma sólida tradição de dar tudo errado quando Langston estava no comando, como Langston também estava em dívida comigo por todas as vezes em que o acobertei quando ele furava o toque de recolher ou trazia um namorado na encolha para passar a noite.

— Diz o homem que sugeriu o caderninho vermelho no último Natal, conduzindo Lily pelo caminho de uma mulher decaída — retrucou Dash.

Langston olhou para mim e apontou para Dash.

— *Isso* é sarcasmo de qualidade. — Ele olhou para Dash. — Traga Lily para casa à meia-noite e fique para dormir, se quiser.

A minha cara e a de Dash ficaram vermelhas, e saímos apressados pela porta.

— Cuide bem de Boris — falei para o meu irmão.

Quando estávamos na rua, Dash pegou minha mão e começamos a andar.

— Então, Edgar Thibaud? — disse ele. — Sério mesmo?

Ele não disse: *Porque eu tinha planos melhores. Porque esta é a noite em que eu enfim a surpreenderia com um encontro para ver* Corgi & Bess. *Aluguei a sala de cinema toda só para nós dois, e nossas poltronas centrais estão cobertas de pétalas de rosa, e há uma torre de donuts com chocolate escorrendo pelas laterais que encomendei só para nós dois. Só para nós dois! A torre INTEIRA!*

Eu respondi:

— Edgar tem que trabalhar no centro de idosos do vovô. Eu sempre o vejo no parque quando estou passeando com os cachorros. Ele praticamente mora lá.

— Vocês são amigos?

— Acho que sim.

— Não entendo por que você nunca mencionou isso.

Ele não disse: *Estou indignado por você nunca ter mencionado sua amizade com Edgar! Me PERTURBA pensar em você saindo com ele. Todo mundo sabe que Edgar Thibaud é um patife notório em roupas de grife xadrez, e eu poderia ter que, tipo, desafiá-lo para um duelo para ver quem fica com o seu afeto!*

— Isso importa? — perguntei.

Por favor, diga que importa!

Dash deu de ombros.

— Acho que não. — Garotos nunca dizem o que você quer que eles digam. Talvez seja a única lição que aprendi na vida. — Mas podemos ir para a casa da sua tia, em vez de para a festa. A Sra. Basil E. me mandou uma mensagem nos convidando para jantar e jogar Cards Against Humanity com ela e o vovô depois e...

— Você troca mensagens com a minha tia-avó?

— Sim. Isso importa?

Dei de ombros.

— Acho que não. — Depois falei: — Cards Against Humanity é um jogo muito ofensivo.

A Sra. Basil E. nunca havia me convidado para jogar esse jogo com ela antes.

— Eu sei. É por isso que eu adoro.

Finalmente. A Lily Boazinha tinha ficado para trás.

Olá, Lily Malvada. Você é *divertida*.

A Lily Malvada usava uma saia preta curta com leggings pretas e botas pretas de canos altos, e um suéter cropped de Natal — sim, cropped — bem justo, vermelho, dourado e verde com dois enfeites de glitter oportunamente costurados no peito.

— Langston viu você usando isto? — perguntou Dash quando tirei o casaco, logo depois de tocar a campainha da casa de Edgar Thibaud.

— Você gosta? — perguntei, tentando parecer sexy, mas soando desesperadamente estridente.

(A Lily Malvada precisa de mais prática para desenvolver tons de voz sensuais. A Escandalily inata se recusa a morrer.)

— Acho que estou feliz que você finalmente esteja sentindo o espírito natalino — disse Dash.

— Qual é o seu suéter?

Ele abriu o casaco, revelando... um suéter verde liso com uma camisa oxford branca saindo pela gola.

— Isso não é um suéter de Natal — disse eu.

— Você não está olhando com atenção suficiente.

Ele puxou a dobra da gola da camisa para cima. Olhei mais de perto e vi uma citação de *Um conto de Natal* escrita em tinta vermelha e dourada na caligrafia de Dash ao longo da borda inferior da gola: Para começar a história, Marley estava morto.

A porta se abriu enquanto eu espiava o pescoço de Dash. Do outro lado da porta, Edgar falou:

— Os pombinhos já estão se pegando? A gemada ainda nem foi servida.

Dash se afastou de mim e fechou o casaco.

— Eu não faço essas coisas em público, Edgar.

Edgar piscou para Dash.

— Lógico que não. Seja bem-vindo, seu festeiro incontrolável. — Ele me olhou de cima a baixo e disse: — Adorei o seu suéter, Lillers.

Edgar usava um suéter com a imagem de Jesus usando um chapéu de aniversário no formato de uma fatia de pizza de pepperoni de cabeça para baixo e as palavras ANIVERSARIANTE escritas no peito do Filho de Deus, que havia combinado com calça de lã com losangos em cor-de-rosa e cinza e sapatos oxford preto e branco. Era impossível não exagerar ao falar de como sua roupa não tinha nada a ver com nada, exatamente como Edgar em sua própria casa.

Os pais dele são, tipo, o 1% do 1%, gestores de fundos de investimentos com zilhões de dólares e nenhum tempo para passar com o filho. A Sra. Basil E. também mora em uma casa geminada, mas a dela é bolorenta e artística e meio que está caindo aos pedaços. Bastante acolhedora. A de Edgar parece saída de uma revista de arquitetura, com móveis minimalistas e obras de arte de um milhão de dólares nas paredes. Bastante intimidadora e fria.

— "Lillers"? — Dash sussurrou no meu ouvido enquanto subíamos as escadas de mármore para o primeiro andar. — Por favor.

— Seus amigos chegaram antes de vocês — disse Edgar. — Crianças divertidas. Já atacaram a gemada, como podem ver.

E lá no centro da sala de estar estavam Boomer e Sofia, vestindo suéteres natalinos de gansos combinando, dançando ao som de um hip-hop que saía de alto-falantes invisíveis. Eles estavam rindo e se beijando enquanto balançavam a bunda quase até o chão, então batiam bunda com bunda, sua naturalidade e alegria um com o outro totalmente aparentes. Desejei que Dash e eu pudéssemos ser como eles. Rebolando por rebolar e sem se importar com quem assistia, porque eles estavam muito envolvidos — literalmente — um com o outro.

— Gemada? — Edgar perguntou a Dash. — Está batizada com o Jack Daniel's Edição Limitada Sinatra Century do meu pai.

— Sim, por favor! — disse Lily Malvada.

Olhei para meus Olhos Azuis versão jovem, Dashiell, esperando que pudéssemos entornar alguma maldade juntos. Tilintar nossos copos espumantes e, em seguida, compartilhar um beijo com sabor de Sinatra Century. Ou vinte.

— Não, obrigado — disse Dash.

Ele não dançaria na chuva comigo.

Com vozinha de bebê, Edgar perguntou a Dash:

— O *galotinho* quer um *gugute* então?

Dash tocou a lateral dó nariz e perguntou a Edgar:

— Está nevando no seu nariz?

Que eu soubesse, o nariz dele não estava escorrendo, mas Edgar caiu na pilha e puxou um lenço do bolso da calça para assoá-lo. Então disse:

— Vocês vão querer jogar *dreidel* mais tarde? Quem ganhar vai poder dar uns amassos no quarto dos meus pais.

Nosso anfitrião foi atrás de sua jarra de gemada enquanto Dash e eu inspecionávamos a sala. A festa estava a todo vapor, sim, mas havia apenas cerca de uma dúzia de pessoas lá, um grupo totalmente aleatório. Eu, Dash, Boomer e Sofia rebolando, Cyril fazendo coreografia de *Os embalos de sábado à noite* com Isabella Fontana — uma editora de livros de receitas aposentada que é uma das minhas clientes como passeadora com cães e deveria ser mais cautelosa depois de sua recente cirurgia no quadril —, mais alguns coreanos bêbados sambando que reconheci da chamada de emergência de lámen de Edgar — que precipitara minha jornada espiritual para Staten Island. Os baladeiros tinham entre 17 e 70 anos e usavam suéteres com bonecos de neve, anjos, Papais Noéis, elfos, renas e gatos de Natal.

Edgar estava encostado na parede, em frente à mesa da festa, cuja peça central era uma escultura de gelo de dois gansos se beijando, admirando a estranha coleção de pessoas discrepantes e seus suéteres discrepantes. Ele nunca havia parecido mais solitário para mim do que em sua própria casa. Um príncipe sem reino.

— Prefiro ir a algum lugar reservado — disse Dash para mim. — Onde a gente possa conversar. Tenho uma coisa importante para te dizer.

Foi quando eu soube. Dash iria terminar comigo. Ele finalmente iria quebrar nosso impasse constrangedor.

— Vamos dançar? — perguntei, querendo me agarrar a ele uma última vez.

Começou a tocar uma versão R&B de *Let It Snow*, com o cantor entoando os versos: "Ohhhh, venha aqui e me ajude a podar a árvore / Eu quero abraçar você."

— Por favor? — insisti.

Eu queria me lembrar daquele último momento, abraçada a ele.

Ele estava todo rígido, desconfortável. Mas então Boomer e Sofia vieram e nos levaram para o meio da sala. Eles começaram uma dança lenta, e então, seguindo sua deixa, Dash colocou os braços em volta da minha cintura, e eu coloquei os meus nos ombros dele, e dançamos.

Eu estava zonza. Sabia que Dash odiava dançar, e eu o amava por concordar com aquilo assim mesmo. Meu coração disparou de alegria quando pressionei meu corpo contra o dele, e pensei que podia sentir seu coração batendo contra o meu. Era uma sensação muito gostosa, e eu queria ficar daquele jeito para sempre. Eu precisava dizer a ele que o amava — simplesmente correr o risco, superar minhas inseguranças e dúvidas sobre a impossibilidade de tudo — antes que fosse tarde demais.

— Tenho uma coisa para te contar — sussurrei no ouvido de Dash.

— Também tenho uma coisa para te contar — disse ele.

Eu precisava dizer a ele. Precisava muito.

E, quando eu estava prestes a dizer, vi Dash dar uma olhada de relance para a rebolante Sofia, dirigindo a ela o olhar que eu sempre desejei que ele dirigisse a mim. Puro desejo. Eu tento não sentir ciúme da naturalmente linda Sofia e do fato de que ela e Dash costumavam ser um casal; nem sempre consigo.

Então eu falei primeiro:

— Acho que devemos terminar.

sete

–Dash–

O canto do cisne

Quinta-feira, 18 de dezembro

E eu disse:
— Não.

Quarta-feira, 17 de dezembro

Quando não tive notícias de Lily após seu misterioso retorno de Staten Island, revisei todas as mensagens que troquei com Langston e um nome chamou minha atenção:
Edgar Thibaud.
Por que Langston tinha me perguntado sobre ele?
O que ele significava para Lily?
Eu sabia que eles tinham um passado desagradável. Sabia que ele havia tentado se apropriar dos sentimentos dela quando meus próprios sentimentos por ela eram recentes.

Acima de tudo, eu sabia que ele era o Rei dos Imbecis.

Acho que poderia ter perguntado a Langston, mas nosso respeito recém-adquirido tinha apenas um dia de duração, e eu não estava muito a fim de colocá-lo à prova.

Lily havia deixado escapar em algum momento que Thibaud fora sentenciado a prestar serviço comunitário no lugar onde o avô dela fazia fisioterapia e reabilitação. Então, depois da escola, decidi ir direto à fonte.

Quinta-feira, 18 de dezembro

— Como assim "não"? — perguntou Lily. — Por que se importa?

Ela tentou se afastar.

Eu a segurei.

Quarta-feira, 17 de dezembro

Thibaud tinha um jeito de deixar os profissionais de saúde tão desmemoriados quanto seus pacientes. Cada enfermeiro tinha uma resposta diferente quando eu perguntava pelo seu paradeiro. Nenhuma das respostas estava correta.

Por fim, uma Sadie Sorridente com uma bengala cor-de-rosa teve pena de mim.

— Está procurando o encrenqueiro? — murmurou ela com uma voz rouca.

Eu não tinha dúvidas de que estava, e disse isso a ela.

— Pois então, olhe na salinha do zelador entre a 36A e a 36B. Ele costuma se esconder do trabalho lá. Mas tenha cuidado: ele é um par de dentaduras frouxas, aquele sujeito. Não o deixe escapar.

Pelo jeito que a Sadie disse isso, com um sorriso malicioso, ela soava quase traída.

Contornei as cadeiras de rodas e um monte de gente assistindo *Roda a roda* para encontrar a salinha que ela mencionou. Quando cheguei lá, não sabia se batia. Então ouvi os sons vindos de dentro e soube que devia ser Thibaud.

Entrei com tudo.

O que eu vi foi perturbador ao extremo. Thibaud estava assistindo a um vídeo pornô em seu celular, com duas mulheres, um cavalo e um homem que se parecia estranhamente com Donald Trump. Ao mesmo tempo, Thibaud fumava um cigarro, derrubando as cinzas em uma comadre. Seus pés estavam sobre a mesa do zelador.

— Isso com certeza ultrapassa um limite para vícios simultâneos! — anunciei no meu tom mais autoritário.

Thibaud se assustou, dando um pulo e desligando o celular.

— Mas que...! — gritou. Então ele viu que era eu, e não pareceu tão assustado. — Ah. Dash. O que foi? Achou que sua namorada desaparecida estivesse aqui comigo?

Não gostei de sua insinuação e disse isso a ele. Então acrescentei:

— Além do mais, ela não está mais desaparecida.

— Você a viu? — questionou ele. Então, antes que eu pudesse blefar, ele apagou o cigarro na comadre e disse: — Foi o que pensei.

Antes que eu tivesse a chance de dizer uma palavra, ele abriu a porta e saiu para o corredor. Segui em seu encalço.

— Ah, não, você não vai — disse eu.

Mas ele seguiu, entrando na sala de TV, me ignorando completamente.

— Alguém precisa de alguma coisa? — perguntou ele aos idosos de lá.

— Uma vogal! Eu preciso de uma vogal! — gritou uma senhora de cabelos azuis, apontando para a TV.

H I _ _ _ _ _ _ _ O, mostrava a tela.

— Hidratação! — cantou a senhora de cabelo azul.

— Hieróglifo! — gritou um homem em uma cadeira de rodas.

— Hirsutismo! — berrou um homem de veludo cotelê cinza.

O homem na cadeira de rodas ficou ofendido.

— O que diabos é *hirsutismo*?

— Rá-rá — riu o homem de veludo cotelê. — Justo você não sabe?

— Por que você está mandando mensagem para Lily? — perguntei a Thibaud. — O que tem com ela?

— Por que está perguntando para mim e não para ela? — retrucou ele.

H I P _ R _ _ _ _ O

— Hiperativo! — gritou a senhora de cabelo azul.

— Hiperagudo! — insistiu o homem na cadeira de rodas.

— Hipertexto! — tossiu o homem de veludo cotelê.

Thibaud virou-se para mim e falou:

— Você é uma vergonha de namorado! Você é, tipo, o bombom de banana dos namorados. Você é o bege dos namorados. Você é o *iogurte natural* dos namorados.

— Lily te disse isso?

— É óbvio! — respondeu ele com um sorriso luminoso.

Quinta-feira, 18 de dezembro

Eu não podia acreditar que ela havia dito aquilo. E eu não podia acreditar que ela queria mesmo aquilo.

Acho que devemos terminar.

Eu estava confuso.

Eu estava chateado.

Eu estava *com raiva*.

— Você está entendendo errado — disse a ela. — Você está entendendo *tudo errado*.

Quarta-feira, 17 de dezembro

O sorriso de Thibaud era reluzente demais. Eu sabia que ele estava mentindo.

— Deixe Lily em paz! — alertei. — Apenas a deixe em paz.

— Ou o quê? Você vai me estrangular com seu vocabulário? Vai me socar com seu poderoso cérebro?

A sala caiu em um silêncio mortal. Olhei para a tela.

H I P E R T E N _ O

Jesus.

— Desafie-o para um duelo! — resmungou o homem na cadeira de rodas para mim.

— Isso! — exclamou o homem de veludo cotelê. — Acabe com esse safado. Ele sempre rouba meu molho de maçã!

— Tudo bem — disse a eles. Então me virei para Thibaud e declarei: — Desafio você para um duelo.

Quinta-feira, 18 de dezembro

— Como pode dizer isso? — gritou Lily. Todos estavam nos observando. Então, do nada, ela acrescentou: — *Isso nem é um suéter de Natal!*

Quarta-feira, 17 de dezembro

— E como sugere que a gente duele? — questionou Thibaud, indiferente.

Olhei para os idosos.

— Com as pistolas — disse o Sr. Veludo Cotelê. — Vera, PEGUE AS PISTOLAS!

A senhora de cabelo azul assentiu e então devagar, muito devagar, levantou-se de sua cadeira. Então, ela devagar, muuuuito devagar, caminhou até um baú no canto que deveria ser usado pelos bisnetos visitantes. Então, muuuuuuuito devagar, ela enfiou a mão até o fundo e tirou um par de pistolas de água.

Em seguida, foi até a cozinha e as encheu com suco de tomate.

— Mancha mais — explicou ela.

As pistolas foram entregues a nós. O cara da cadeira de rodas vigiava a porta.

— Dez passos — declarou o Sr. Veludo Cotelê.

Solenemente, nos colocamos de costas um para o outro.

A senhora de cabelo azul começou a contar:

Um. Dois. Três. Quatro. Cinco.

Nós nos afastávamos cada vez mais.

Seis. Sete. Oito.

Eu estava fazendo aquilo pela Lily.
Nove.
Não desperdiçaria minha chance.
Dez.
Girei. Fiquei com ele na minha mira. Puxei o gatilho ao mesmo tempo que ele puxou o dele.

Nós dois... soltamos gotinhas.

Alguém tinha esquecido de dar Viagra para nossas pistolas.

— ARRRRRRR! — gritou Thibaud, correndo em minha direção.

— Ahhhhhh! — gritei, fugindo.

Empurrei o Cara da Cadeira de Rodas para o corredor.

A Sadie Sorridente estava lá fora passeando e soltou um gritinho quando me viu avançando com a pistola na frente. Eu queria que Thibaud atirasse enquanto estávamos correndo, para acabar com a sua munição. Mas ele estava poupando para quando estivéssemos mais próximos.

Eu não iria ser sua presa.

— Em nome de tudo que é bom e de Lily! — proclamei, fazendo minha melhor pose de Jovem Han Solo e atirando.

Desta vez, o gatilho foi armado e o suco de tomate voou longe.

Infelizmente, ao proclamar meu ataque, dei a Thibaud tempo para se esquivar.

— Não tão rápido, seu fracote! — rosnou ele.

Fingi que ia para a esquerda e joguei o corpo para a direita. Ele errou.

Neste ponto, um auxiliar chamado Caleb viu o líquido vermelho voando pelo ar e soltou um berro. Thibaud efetuou outro disparo. Eu o bloqueei com uma bandeja perdida por ali. Mas isso atrapalhava meu próprio disparo, então precisei largá-la.

Thibaud ergueu a pistola novamente. Correu para a frente. E escorregou nas poças que tínhamos produzido.

De algum lugar nas profundezas mais escuras da minha alma, desenterrei a frase:

— *Hasta la vista, baby!*

Thibaud gritou. Caleb, o auxiliar, gritou. Sadie Sorridente chamou:

— Vera, você precisa ver isso!

Eu mirei. Ele se contorceu. Eu atirei.

Na mosca.

Enquanto ele era encharcado, eu escorreguei. Ele agarrou minhas pernas. Cambaleei e caí.

Mas fiz questão de pousar em cima dele.

— Mas, falando sério — disse assim que recuperamos o fôlego —, eu derrotei você.

— OK, você me venceu — admitiu Thibaud. — O que eu tenho que fazer?

— Você — grunhi — tem que dar uma festa para nós.

Quinta-feira, 18 de dezembro

— Você não está enxergando o que está na sua frente — argumentei com ela. — Em primeiro lugar, este *é* um suéter de Natal. Só porque não é espalhafatoso, só porque não tem enfeites ou luzes ou uma grande rena nele isso não significa que não seja um suéter de Natal. A verdade não precisa anunciar a si mesma. Tudo o que a verdade precisa é ser verdadeira.

Lily parecia perdida.

— O que você está fazendo? Por que está fazendo isso?

Finalmente fui capaz de dizer a ela o que eu estava para dizer desde o princípio.

— Lily, isso é uma intervenção.

— Uma intervenção? — perguntou Lily, completamente confusa.

— Uma intervenção divina! — gritou Boomer.

— O que Boomer quer dizer — continuei — é que estamos todos aqui por você. Bem, acho que alguns amigos de Thibaud vieram por causa da cerveja. Mas o restante de nós queria ver você alegre. Não, risque isso. Queríamos que você *se sentisse* alegre. E eu achava que você estivesse se divertindo, o que... me corrija se eu estiver errado... não parece ser o tipo de clima que levaria você a querer terminar comigo.

Olhei para Sofia, para confirmar que eu estava fazendo tudo certo. Ela me deu um pequeno aceno de cabeça.

Lily virou-se para Thibaud.

— *Você* estava metido nessa?

Thibaud tentou diminuir seu papel na história:

— Pode-se dizer que fui convencido sob a mira de uma pistola. Mas não importa. Como li uma vez em um banheiro: *Para se divertir, chame Edgar.* Como o seu, abre aspas, namorado, poderia resistir?

— Se você não tirar essas aspas, da próxima vez vamos duelar com floretes! — ameacei, talvez um pouco confiante demais em meus talentos de esgrimista.

— Vocês duelaram? — indagou Lily.

— Sim. E, se fizermos isso de novo, será...

— NÃO DIGA ISTO! — gritou Thibaud.

— ... um *du-duelo* — completei, com satisfação.

— Dash! — gritou Boomer. — Não é a questão!

Eu me virei para Lily.

— Sim. Essa não é a questão. A questão é que eu realmente não quero que a gente se separe. Na verdade, o que eu gostaria é que fizéssemos o oposto de separar.

— Se acoplar um no outro! — sugeriu Boomer.

Tanto Lily quanto eu estremecemos de horror com essas palavras. Achei que era um bom sinal.

Sexta-feira, 19 de dezembro

Nós nos encontramos no parque para aproveitar a tarde com um passeio. Eu deveria ter ido para a escola. Ela deveria estar de castigo.

Caminhamos até os lagos com patos no final do parque. Lembrando-me do autor que havia nos unido (de alguma forma), eu ia comentar com ela que sempre me perguntava para onde os patos iam quando o inverno chegava. Porque não deveria haver patos, não naquela época do ano.

Mas, desta vez, havia um cisne. Um único cisne.

Quinta-feira, 18 de dezembro

Olhei para o meu relógio.

— Está quase na hora do toque de recolher — avisei. Então eu sorri. — Mas sempre há tempo para mais uma dança, certo?

Thibaud tinha na ponta da agulha a nova música mais idiota da temporada, uma paródia de um R&B chamada *Papai Noel não sente o próprio rosto*:

Tem muita neve, garota
E Papai Noel não sente o próprio rosto
O vento está cheio de flocos, garota
E Papai Noel não sente o próprio rosto.

Thibaud sorriu — nunca se deve deixar os detalhes com o diabo. Mas eu não ia ser dissuadido. Coloquei meus braços em volta de Lily, e seu suéter era tão justo que senti que estava tocando a pele dela, sem camada protetora. Nossos corpos encontraram o próprio ritmo.
— Essa música é a pior! — disse Lily.
— Não há ninguém com quem eu prefira compartilhar esses versos! — declarei.

A neve entrando pela chaminé
O Natal branco dos seus sonhos
E Papai Noel não sente o próprio rosto
Mas ele segue na viagem.

Sexta-feira, 19 de dezembro

— Está vendo aquilo? — perguntei.
É óbvio que Lily via o cisne. Com cautela, nos aproximamos. Já estava frio o suficiente para usarmos luvas. Peguei a mão enluvada dela.
— O que ele está fazendo aqui? — indagou ela.
— Deve estar perdido — sugeri. — Ou talvez só quisesse ver as vitrines da Bergdorf na Quinta Avenida, como todo mundo.

O cisne nos avistou. Ele deslizou pela superfície do lago descongelado, nos contemplando com uma curiosidade fria.

Lily soltou sua mão para que pudesse tirar uma foto.

Mas, antes que ela o fizesse, ele começou a cantar.

Quinta-feira, 18 de dezembro

A música terminou. Eu ainda a abraçava. Pelo menos por um momento a mais. Então ficou constrangedor, já que Thibaud tinha nos deixado sem outra música.

— Retiro o que eu disse — declarou Lily.

Mas a questão era: ela não parecia certa.

Eu deixei que ela voltasse atrás, de qualquer maneira.

O único problema em retirar o que foi dito é que as palavras ainda permanecem lá dentro, em algum lugar.

Sexta-feira, 19 de dezembro

O cisne começou a cantar, e não era um assobio, um grasnado ou um canto fúnebre. Tinha uma melodia. Era algo entre um lamento e um cântico.

Quando ele terminou, eu aplaudi. Como estava usando luvas, não fez muito barulho.

Lily parecia preocupada.

— Algo errado? — perguntei.

— Ele vai morrer. Ele canta uma bela canção... e depois morre.

— É só uma lenda — assegurei a ela.

O cisne voltou a nos ignorar. Voltou a nadar. Ficou flutuando na água.

Sábado, 20 de dezembro

Na manhã seguinte, Lily desapareceu de novo.

oito

(Lily)

Lily bebendo leite
Sábado, 20 de dezembro

Você está desaparecida de novo, dizia a mensagem do meu irmão.

Não respondi.

Vou ficar na casa do Benny hoje. Estamos ajeitando nosso novo apartamento e não vou sair procurando por você.

De novo não respondi.

Eu vejo as setinhas azuis. Sei que está lendo as mensagens.

Irmão Stalker, um novo filme por mensagens de texto, em *streaming* agora no seu app de mensagens.

Isso está ficando chato, ursinha Lily. Você está cruzando a linha tênue que separa "fofa" de "irritante".

Uma frase dita por todos os adultos para todos os adolescentes, desde o início dos tempos.

Meu irmão estava pronto para se mudar para o próprio apartamento. Ele era um deles agora.

Revirei os olhos e desliguei o celular.

Eu não estava desaparecida.
Estava perdida.

Cinco dias antes do Natal, a animação deveria estar aumentando, mas tudo o que eu sentia era tristeza e melancolia. Eu ainda precisava assar meus biscoitos lebkuchen, passear pelas barraquinhas da Union Square, patinar no gelo no Central Park — números dois, seis e oito das minhas dez tradições favoritas que anunciam a chegada da Grande Troca de Presentes (número um, obviamente) de 25 de dezembro. Eu não tinha nem feito a lista do que queria ganhar. Não tinha me juntado à sociedade de cantigas natalinas para fazer apresentações — e eu era membro fundadora do grupo.

Eu tinha sofrido uma intervenção por causa da minha tristeza natalina, o que só me deixou ainda mais triste.

Meu avô havia fugido para a casa da irmã com o gato e eu o deixara ir, sem correr atrás dele para implorar que ficasse conosco, ou implorar pelo seu perdão por preocupá-lo quando desapareci em Staten Island, ou pelo menos insistir que ele deixasse o gato comigo.

Eu não sabia mais quem eu era.

Dash sabe como odeio ver animais sofrendo, e mesmo assim eu não contei a ele como nosso passeio no parque com o cisne havia sido perturbador para mim. Tipo eu queria ficar lamentando aquilo, mas não disse nada para Dash no final da nossa caminhada além de "Vejo você mais tarde, eu acho". A gente simplesmente não estava se conectando, e eu não podia mais fingir. Precisava fugir.

— Você está entendendo *tudo errado*.

As palavras de Dash se repetiam na minha cabeça como o bordão daquele cara malvado chamando a atenção de *Alvin, o esquilo*.

— Você está entendendo *tudo errado.*
Alviiiiin!
— Você está entendendo *tudo errado.*
Alviiiiin!
Por favor, cérebro de Lily. FIQUE QUIETO.

Eu estava quase irritada o suficiente para ligar o celular de novo e corrigir Langston, lembrá-lo de que eu tenho um cachorro, e cachorros que levo para passear, e eu nunca daria um perdido neles de propósito. Eu poderia ignorar as pessoas da minha vida, mas jamais negligenciaria minhas responsabilidades com meus bebês peludos. Boris não tinha apenas caminhado de manhã. Eu o havia levado para uma longa corrida e para brincar sem coleira no parque de cães em Randall's Island, o que demandou duas viagens de táxi muito caras porque a Autoridade de Trânsito Metropolitano de Nova York determina que animais de estimação só são permitidos no transporte público se estiverem "contidos em uma caixa e transportados de uma maneira que não incomode os outros passageiros". Boris daria conta da primeira parte; da segunda, não. Então agora existem dois motoristas de táxi muito insatisfeitos por causa do pequeno problema de peidar e babar do grande Boris, e das notas de dólar fedidas e molhadas que tinham saído da minha bolsa, na qual Boris se sentou durante as viagens. Mas Boris ficou tão cansado do passeio que dormiria pelo resto do dia e nem notaria minha ausência, então por que meu irmão estava preocupado que eu não estivesse em casa e não tivesse dito a ele onde estava?

E, fala sério, se minha família se desse ao trabalho de falar com meus clientes, que receberam mensagens de texto de manhã informando que eu não estaria disponível hoje, junto com uma lista de outros passeadores de cães responsáveis, eles saberiam que eu não estava desaparecida. Desaparecer implica um afastamento involuntário. Como quando uma garota ingere por engano homens de biscoito de gengibre alucinógenos e, em seguida, seu dia de folga intencional se transforma em um legítimo desaparecimento de uma noite.

Talvez seja este o meu verdadeiro problema. Não que eu esteja perdida, mas que possivelmente agora eu tenha me viciado, desejando cada vez mais experiências radicais. Perigo. Risco. Mais Jahna, menos Lily.

Suspirei e vi minha respiração se condensar no ar frio do vagão. O inverno congelante enfim chegou, mas com requintes de crueldade. As amargas temperaturas abaixo de zero obrigavam o trem a andar devagar por causa de problemas de sinal e as poucas pessoas no vagão mal aquecido a se encolherem sob seus casacos pesados, amarrando seus cachecóis firmemente em torno da cabeça e do pescoço e esfregando as mãos enluvadas. Ninguém falava; elas apenas batiam o queixo e tremiam.

O ar estava tão frio quanto meu coração. Olhei pela janela para o sol da tarde, brilhando com intensidade como se dissesse: *Aqui estou eu, seu mestre da luz, tão grande e poderoso que posso não irradiar calor algum se assim o desejar, e, apenas para ser rancoroso, eu vou bloquear qualquer possibilidade de neve para acompanhar esse frio congelante. Quem é o dono do inverno? Sou eu. Chupem, humanos do Atlântico noroeste!*

Eu queria chorar, mas tinha medo de que as lágrimas congelassem no meu rosto. Dash estava certo. Eu *estava* entendendo tudo errado. Eu não conseguia interpretá-lo e não conseguia nem sequer terminar com ele de forma convincente, porque eu era uma atrapalhada neurótica que o amava demais para insistir que ele me deixasse ir, pelo bem de nós dois.

O trem parou na estação seguinte. No começo, achei que tivesse imaginado, então tirei meus óculos, limpei as lentes com um lenço de papel e os coloquei de volta. De fato, a placa na plataforma Metro North dizia PLEASANTVILLE. Aquele era realmente um lugar? E, em caso afirmativo, por que um exército de Papais Noéis barulhentos, revoltados e bêbados estava embarcando? E digo todo tipo de Papai Noel: homem, mulher, jovem, velho, gordo, magrelo; de Papais Noéis completamente vestidos e com longas barbas brancas a Papai Noéis praticamente nus, quase strippers. Para tornar a situação mais perturbadora, os Papais Noéis foram seguidos por um grupo de coristas embriagados passando garrafas de bebida uns para os outros enquanto entoavam uma canção nem um pouco fiel à era vitoriana:

As crianças choram
As renas mentem
Só a patroa sabe por quê
E Papai Noel não sente o próprio rosto.

Já chega dessa música. É pior que Alviiiiin. Tão desrespeitosa... E gruda na cabeça feito chiclete!

O maquinista anunciou em meio ao barulho da multidão:

— Próxima parada, Chappaqua! — Quando nenhum dos passageiros que embarcavam se mexeu, ele disse, mais alto: — Quem *pensa* que está no trem para Manhattan informamos que o trem está *na outra plataforma*. — Ainda assim, ninguém saiu. O maquinista tentou mais uma vez: — Este *não é* o trem para Manhattan. A menos que você esteja indo para o norte, deve sair agora. Última chamada, Wassaic.

Os Papais Noéis e os coristas se acomodaram nos assentos.

— Droga — disse o maquinista, e saiu do vagão.

Um corista de meia-idade, vestido com terno e cartola da era vitoriana, sentou-se ao meu lado. Ele tirou sua cartola para mim.

— Feliz Natal, querida. Eu sou Wassail de Wassaic.

Seu hálito cheirava a Jack Daniel's do Tennessee (e não a edição chique e limitada Sinatra Century).

Eu não sabia dizer se ele estava brincando sobre seu nome, e é difícil obter uma resposta verdadeira de verdadeiros bêbados. Então, embora o maquinista tenha deixado bem explícito, achei melhor tentar também. Eu não estava tão perdida a ponto de não ter plena consciência de que dia era aquele. Procurando ser útil, eu disse a Wassail de Wassaic:

— Se vocês vão para o SantaCon, precisam pegar o trem indo para Manhattan. Na outra plataforma.

Meu companheiro de assento bufou e retrucou:

— Estávamos no trem para a Grand Central, algumas horas atrás. Fomos expulsos em Mount Kisco.

— Mas aqui é Pleasantville.

— Não é? Nós chegamos até aqui pulando de bar em bar, e então decidimos tentar ir para a cidade de novo. Mas houve uma pequena briga entre os Papais Noéis e os coristas... muita guerra de gangues este ano, lamento dizer. E o encarregado das tropas de Wassaic decidiu que era melhor abandonar completamente nossa missão.

— Melhor acabar desmaiado no Metro North do que acordar na cadeia na cidade? — perguntei a ele.

— Ah, você é uma mocinha atrevida, bonita e inteligente — disse ele, parecendo e soando mais como um elfo irlandês libertino do que como um cavalheiro inglês vitoriano.

Uma Mamãe Noel gótica com um piercing no lábio, alargadores nas orelhas e cabelo preto espetado no assento à nossa frente ergueu a cabeça. Ela apontou para meu companheiro de assento.

— Não seja babaca, Wassail — disse ela. — Não dê em cima de uma criança!

— Não estou fazendo isso! — retrucou Wassail, indignado.

— Está sim! — disse um pelotão de Papais Noéis em nosso perímetro.

— Eu não sou criança — murmurei.

Eu não queria que a guerra de gangues saísse do controle, então, por fim, a Lily infantil dos dias de outrora emergiu de seu estupor de resistência ao espírito natalino. Se havia uma coisa que ela sabia fazer era sair de encrencas cantando.

Eu puxei uma cantiga de Natal: *Lá vamos nós, jogando o wassail / Entre as folhas tão verdes!*

Mamãe Noel Gótica me fuzilou com o olhar, mas os coristas vitorianos imediatamente deram continuidade à música: *Lá vamos nós, caminhando / Tão bonito de se ver.*

Quero dizer, era impossível não sentir a mudança de humor: de bêbado, frio e inquieto para bêbado, frio e beirando o festivo.

Pelo menos metade do vagão de trem, incluindo muitos Papais Noéis, juntou-se ao coro. *Amor e alegria para vocês / E também o seu wassail / Que Deus os abençoe e os conceda / Um feliz Ano-Novo.*

Wassail de Wassaic se levantou e fez uma reverência no final, como se a música tivesse sido escrita apenas para ele.

Ninguém continuou cantando após a segunda estrofe. A Antiga Lily — também conhecida como Lily da Terceira Estrofe — teria continuado assim mesmo, mas foi silenciada por uma dama vitoriana de vestido formal cujo gorro acabara de ser arrancado da cabeça. Ela deu um tapa fulminante e épico no rosto vermelho de um corpulento Papai Noel que usava asas de anjo nas costas.

— O Papai Noel sente o próprio rosto agora? — gritou Vicky para o gordo Papai Noel angelical.

— Briga! Briga! — cantavam os bêbados.

Sou totalmente a favor dos bêbados, mas os do tipo alegre, não os do tipo briguento.

Eu queria muito a minha mãe.

Saí do trem na estação final, em Wassaic. Wassail de Wassaic, com seu bando de artistas da SantaCon, e os coristas barulhentos não desembarcaram comigo. Eles tinham sido expulsos em Katonah.

Minha mãe estava esperando no estacionamento, tremendo dentro do carro alugado.

— Seu trem atrasou uma hora.

— O frio intenso está causando atrasos — expliquei. — E alguns Papais Noéis bêbados tiveram que ser expulsos do trem.

— O SantaCon era hoje? — perguntou a mamãe. Eu fiz que sim com a cabeça. — Um bom dia para sair da cidade. Como se as ruas não estivessem abarrotadas o suficiente nesta época do ano. Eles eram engraçadinhos no começo. Agora são inconvenientes.

Eu vi a barra de um vestido de festa espreitando por baixo do casaco comprido e pesado de mamãe, e ela usava sapatos de saltos altos chiques. Eu sabia que mamãe tinha lugares mais importantes para ir, mas eu estava tendo uma crise existencial. Precisava mais dela.

— Obrigada por me encontrar de última hora. Você não falou nada para o papai, nem para Langston, certo?

Mamãe balançou a cabeça. Ela não conseguiria dizer um "não" direto na minha cara, porque nós duas saberíamos que ela estava mentindo, como quando ela jurou para mim que não tinha contado a eles sobre meu primeiro sutiã e minha primeira menstruação, mas com certeza tinha.

Mamãe disse:

— Tenho uma hora, no máximo. Seu pai está entretendo os doadores agora, então não preciso estar lá para isso, mas tenho que voltar a tempo para o início da festa do corpo docente se ainda quiser estar casada até o fim do evento. Então, a menos que você queira vir comigo e ser apresentada como a filha do diretor, vou colocá-la de volta no trem para Manhattan em uma hora.

— Entendi. — Como se não bastassem todas as minhas outras mancadas ultimamente, eu estava fazendo minha mãe desperdiçar o lindo vestido de festa e a maquiagem sentada em um carro com a filha carrancuda. — Você está muito bonita.

Minha mãe geralmente opta pelo visual calça de ioga e camisa folgada com o cabelo despenteado preso em um coque, mas, quando ela coloca um pouco de rímel e batom e faz escova no cabelo, é, tipo, "Uau, mãe, você é uma gata!".

— Obrigada. Trouxe isto para você.

Mamãe me entregou um copo de café de papel com um cookie de melado em cima da tampa.

— É café? O copo está frio.

Ela estava sendo muito legal comigo sem que eu merecesse, então não sei por que eu estava bancando a resmungona, além do fato de estar tendo uma crise existencial *e* estar mal-humorada e péssima.

— Deveria ser. Antes de seu trem chegar, tinha um food truck hispter de café estacionado do outro lado da rua. Eles estavam fazendo bebidas com tema natalino para os passageiros que iam para a cidade. Peguei os dois últimos *lattes* de biscoito de gengibre antes que fechassem.

— Onde está o seu?

— Estava tão bom que terminei em cerca de um minuto. Fale o que quiser sobre os hipsters, mas aqueles barbudos de suspensórios realmente sabem como preparar uma boa bebida com café.

— Parece esquisito para um *latte* — comentei, olhando desconfiada para o líquido cremoso.

— Pare de reclamar e apenas experimente. "*Latte*" não é o termo adequado. Na verdade, é um milk-shake feito de café expresso e sorvete de baunilha, com bolinhas de caramelo maltado cobertas de chocolate e pedaços de gengibre cristalizado.

Tudo bem, me convenceu! Mergulhei o cookie na bebida e dei uma mordida.

— Ai, meu Deus! Esta deve ser a melhor bebida que já tomei na vida. — Incluí silenciosamente nesse cálculo a única vez que fiquei bêbada, que foi no ano passado, com licor de menta. O paraíso. Mas aquele *latte* de biscoito de gengibre era o paraíso ao quadrado. — Você é a melhor, mãe.

— Isso que estou vendo no seu rosto é um sorriso? Faz muito tempo que não vejo um desse, então não tenho certeza.

Engoli o resto do *latte*, sem me importar se a velocidade me daria uma dor de cabeça de sorvete. Lambi os lábios.

— Estou sorrindo! — respondi.

Adicione à minha lista de problemas mentais: meu humor poderia passar violentamente de emburrada a exultante com a dose certa de açúcar.

Hormônios da adolescência. Não sei. É exaustivo tentar monitorá-los.

Mamãe falou:

— Se eu soubesse que bastava um *latte* de biscoito de gengibre, já teria caçado aquele food truck há muito tempo. — Ela olhou preocupada para a hora no painel do carro, e então seu rosto ficou sério. — Então... o que está acontecendo, Lily? Tem toda a minha atenção até às 2h37. Estou preocupada com você.

— Também estou preocupada comigo.

Ela colocou as mãos perto do aquecedor do carro e, em seguida, pressionou as mãos aquecidas nas minhas bochechas frias. A sensação foi ótima.

— Diga, querida. É por causa da mudança de Langston? Ou porque papai e eu devemos vir morar aqui? Ou é algo com o vovô? Você sabe que as vítimas de infarto muitas vezes ficam deprimidas e irritadas durante a recuperação, não é? Ele não é mais o mesmo.

— Estou chateada com tudo isso. Mas é outra coisa.

— Então não somos mais o centro da sua vida? — perguntou ela, com delicadeza.

— Não exatamente — admiti.

— Ah — disse mamãe. — Dashiell.

As mães sempre sabem.

— Tentei terminar com ele. Ele disse não!

— Sério? Isso é uma surpresa. — Eu não sabia se ela estava surpresa por eu querer terminar com ele ou por ele ter recusado. — O que você disse a ele?

— Eu disse: "Acho que devemos terminar."

— Não me parece uma proposta de separação convincente. Como Dash reagiu?

— Ele disse que não, e que eu estava entendendo tudo errado. Mas ele não mencionou o que exatamente.

— Não entendo. Por que você quis terminar com ele, para começo de conversa? Sei que os homens da nossa família tentam não gostar dele, mas *eu* acho que ele parece encantador. E bastante dedicado a você.

— Esse é o problema! — Senti as lágrimas frias e amargas se formando nos meus olhos e não me importei se elas congelassem meu rosto. Elas precisavam sair. — Dash gosta. Eu... *amo*.

— Ah, querida. — Mamãe enxugou as lágrimas do meu rosto e me puxou para um abraço. — Você disse isso a ele?

— Eu tentei. Uma vez. Foi como se ele não tivesse escutado. E ele nunca disse a mesma coisa. Dói tanto amar alguém que não te ama, mãe!

Foi um alívio simplesmente dizer aquilo em voz alta. Eu já me sentia melhor, apesar de o meu coração estar machucado.

— Querida, eu sei que você está sofrendo, mas pense no seguinte: dizer "eu te amo" é realmente o que define um relacionamento? O que define são as ações, não as palavras.

— Mas Dash é um homem de palavras!

O rosto da mamãe refletia a amarga verdade do meu comentário.

— É verdade — afirmou ela. — Mas como sabe que ele não sente o mesmo por você? Talvez ele pense que você já sabe. Parece óbvio para todo mundo.

Eu sabia que ela só estava dizendo aquilo para me fazer sentir melhor. Era gentil da parte dela. Eu apreciava sua tentativa de me confortar, mesmo que fosse equivocada.

— Não posso falar com ele sobre isso!

— Mas por que não? Ele é o seu namorado. Não entendo.

Levei um momento para finalmente admitir a verdade.

— Porque aí ele vai ver a garota confusa, carente e insegura que eu sou.

— Eu dificilmente diria isso de você.

— É como eu me sinto! Eu costumava ter pena das garotas que ficavam meio patéticas quando estavam namorando. Agora eu me tornei uma delas! Alguém que precisa que ele diga que ama porque é tão neurótica que tem que ouvir isso para se sentir, tipo, validada em seus sentimentos. Eu *odeio* isso! — Eu não sabia o que havia de errado comigo. Nunca tinha desabafado assim com a minha mãe assim antes. Aqueles Papais Noéis bêbados deviam ter me contagiado com sua falta de comedimento. Mamãe riu. — Não tem nada de engraçado nisso — resmunguei.

— Eu sei — disse ela, assumindo um semblante sério. — É só que você está me lembrando de quando eu estava no início do namoro com o seu pai e comecei a ter sentimentos profundos por ele. Namorávamos havia alguns meses e, do nada, fiquei extremamente fria e terminei com ele. Eu não queria deixá-lo chegar tão perto.

— E a sua família é uma bagagem e tanto para levar para alguém.

Meu outro medo em relação a Dash: Minha família. A família *dele*.

— Verdade — concordou mamãe. — Demorou um pouco até que eu o convidasse para o Natal e para conhecer tias, tios e a infinidade de primos. Ele ainda não se recuperou do choque.

— A família de Dash é tóxica.

— Isso não significa que ele seja.

— Eu sei. Mas é perturbador ver como os pais se tratam mal. E se ele for igual ao pai?

— Por mais que eu não esteja pronta para ver você com um namorado, vou defender o Dash nessa questão. Ele não é *nada* igual ao pai. A não ser pela cor dos olhos.

— Mas os olhos de Dash são tão lindos!

Eu estava a ponto de soluçar novamente.

— O que você realmente quer de mim, Lily? Que eu a convença a ficar ou a sair desse relacionamento?

— Eu quero que Dash saiba o que dizer e o que fazer! Quero que ele me leve para ver *Corgi & Bess* e torne isso especial. Não quero que ele apenas me dê uma árvore de Natal, mas que fique um pouco e pare o tempo para apenas estar comigo. — Era como se eu nem estivesse mais falando com a mamãe. Eu reclamei: — Que não apenas me mostre que você me adora. Que diga que você me ama, ou que termine comigo e me tire desse sofrimento por querer te entregar o meu coração inteiro enquanto você pensa: "Ah, que lindo coração você está tão ingenuamente oferecendo para mim. Não vai se importar se eu jogá-lo no chão e pisar nele, não é?"

Mamãe fez uma pausa, e acho que ela estava tentando segurar o riso, mas pelo menos fez uma carranca como se estivesse esperando para poder formular uma resposta ponderada Por fim, ela disse:

— Em primeiro lugar, não é justo esperar que Dash seja um vidente para saber o que você realmente quer dele. Em segundo, aqui vai um conselho mais abrangente sobre qualquer pessoa que você venha a namorar: qualquer homem que saiba por si só como atender a todos os itens da sua lista de realização de desejos femininos é bom demais para ser verdade. Não é natural para a espécie deles, e você deve achar bastante suspeito se alguém fizer isso. Terceiro, se você tem tanta certeza dos seus sentimentos por ele, acho que é *sua* responsabilidade ser honesta com ele e não esperar que ele diga algo que não faz ideia de que você esteja esperando para ouvir.

— Mas e se Dash não sentir o mesmo?

— É um risco que você tem que correr. Este é um daqueles momentos em que você precisa decidir quem quer ser. É como um surto de crescimento desajeitado e desconfortável, mas que, no fim das contas, leva você a uma direção definitiva. Você vai ser alguém que toma as rédeas dos seus sentimentos e ações, mesmo que o resultado possa trazer sofrimento, ou alguém que se deixa ser infeliz simplesmente porque não consegue pedir o que quer?

— Ambas parecem opções péssimas.

Mamãe já não parecia estar tentando não rir. Ela disse, muito séria:

— Agora vejo o lado ruim de você ter sido superprotegida. Levou você a superproteger seu coração.

— Estou assustada.

— E deveria estar. Não há nada mais assustador do que a verdadeira intimidade.

— MÃE! — Eu não poderia estar mais envergonhada. — Não foi isso que eu quis dizer!

— Também não foi isso que eu quis dizer. Estou falando de intimidade emocional, não física. Reconhecer como você realmente se sente, quem você realmente é. Abrir sua alma para outra pessoa. Não tem nada mais assustador. E eu estive no outlet Woodbury Common na Black Friday. Entendo de coisas assustadoras.

Eu não tinha nada a dizer enquanto assimilava o que ela tinha falado. Diante do meu silêncio, mamãe acrescentou:

— Mas já que *você* tocou no assunto...

— Não, não fizemos! — falei, esperneando. — Quero dizer, ele nem, tipo, protesta contra sua regra de que a porta do meu quarto tem que ficar aberta se estivermos lá sozinhos.

— Essa regra é do seu pai, não minha, mas não posso dizer que culpo Dash. Acho que também não ia querer dar uns amassos no seu quarto sabendo que tem uma dúzia de parentes do lado de fora esperando para me estrangular se tentasse qualquer coisa além de segurar sua mão.

Sinceramente, eu tive vontade de vomitar ao ouvir minha mãe dizer as palavras "dar uns amassos" no contexto de Dash e eu, mas gostei da outra parte do que ela estava sugerindo.

— Então Dash pode ficar no meu quarto com a porta fechada?

— Se ele ousar. Com certeza. Eu prevaleço sobre o seu pai nesse assunto. Dash é um cara legal, e, se você está pronta para ter essa conversa sobre intimidade comigo, então confio em você para tomar a melhor decisão quando for a hora certa para vocês dois e de lidar com você de maneira responsável. Mas imagino que existam outros lugares em que Dash prefira ficar sozinho com você. Eu não interpretaria a indiferença dele pela porta aberta como um indicativo de falta de desejo por você.

Nossa hora havia acabado. Podíamos ouvir o trem das 14h37 com destino a Manhattan se aproximando ao longe.
— Vocês vão mesmo se mudar para cá? — perguntei.
— Ainda não decidimos. Mas confesso que gostei mais do que esperava. É dureza me deslocar todo dia para Long Island apenas para ser uma professora substituta de uma faculdade comunitária ensinando alunos de graduação que precisam dos créditos em inglês, mas não estão nem aí para os grandes sonetos. Talvez eu prefira ser uma poetisa desempregada aqui.
— Mas sua família está na cidade.
— O seu pai quer estar aqui. Esse é o risco que tenho que correr: escolher ele. Pessoas velhas como nós também têm esses surtos de crescimento.
— Mas e o vovô?
Mamãe suspirou.
— Ele ficou teimoso demais. Todos sabemos que o melhor lugar para ele seria uma casa de repouso, onde teria mais qualidade de vida.
Eu arquejei.
— Ele ficaria muito bravo se ouvisse você dizer isso!
— Eu sei. Esta é uma grande parte do problema: não enxergar que o melhor para ele é o que também seria melhor para todo mundo. Ele está precisando de mais cuidados do que podemos dar, apesar do tanto que o amamos. Todos paramos nossas vidas após a queda que ele sofreu, mas em algum momento teremos que escolher seguir em frente com as nossas próprias vidas novamente, por mais dolorosa que seja essa escolha.

— Onde eu vou morar?

— Você pode se mudar para cá e estudar na escola do seu pai. Ou pode morar na casa da Sra. Basil E. e passar o verão conosco. Ela já ofereceu. Você é uma garota crescida agora. Tem a capacidade de decidir. Ninguém está te abandonando, e todos farão o possível para que a situação funcione para você. Isso só mostra como a sua família é incrível e por que você nunca mais deve dar um perdido na gente.

Ainda havia muito o que conversar, e faltava cerca de um minuto antes que eu tivesse que sair do carro para pegar o trem. Então me concentrei na questão importante:

— Ainda estou de castigo?

— Está.

— Sério?

Fiz uma cara triste, tipo de Lily caindo em uma espiral emocional descendente de novo.

— Não. E não pense que não estou ciente do que você está fazendo.

— E o que é?

— Tentando comover a mamãe para conseguir o que quer. Agora vá para casa e comece seu Natal, finalmente. E diga a Dash...

Dei um beijo na bochecha dela.

— Tchau, mãe. Obrigada. Eu te amo.

Saí correndo do carro em direção ao trem, para casa e para Dash.

Assim que embarquei, liguei meu celular. Meu coração estava prestes a explodir com tudo o que eu queria dizer a Dash. Eu não estava mais de castigo, tinha o apartamento só para mim e amava um garoto.

A primeira mensagem de texto que vi foi de Dash. Meu coração deu um pulo só de ver o nome dele e pensei em como seria corajosa quando o visse de novo. Então meu coração afundou quando li suas palavras:

```
Eu me esforço muito para fazer você feliz.
Mas está óbvio que não consigo. Não quero
dizer que você é impossível de agradar.
Mas você é impossível de agradar. E, como
você não consegue parar de desaparecer,
percebi que está certa. Precisamos de um
tempo.
```

nove

−Dash−

São necessários dois para dançar tango
Sábado, 20 de dezembro

Dei uma pausa na digitação, depois continuei:

```
Esse tempo vai durar exatamente 23 horas.
Nem mais nem menos.
```

— Acertei na matemática? — perguntei à Sra. Basil E., mostrando o celular a ela.
— Sim. Agora... o toque final.
— Mas é claro!

```
Mais instruções a seguir, digitei.
```

ENVIAR.
Esperei para ver se Lily responderia.
Não respondeu.

— Eu realmente espero que isso funcione — disse eu.

A Sra. Basil E. olhou para mim de seu sofá.

— Você precisa dar tudo de si. Mas, por favor, note onde coloquei ênfase nessa frase. Para seu benefício, vou repetir: você precisa dar tudo de *si*.

— Mas não acabamos de estabelecer que ela é impossível de agradar?

— As pessoas que querem que as coisas sejam perfeitas são sempre impossíveis de agradar. Mas isso não significa que devemos parar de tentar. Mesmo que as expectativas delas não sejam corretas, a intuição é. Você não vai acertar em tudo, Dash. Até a Lily sabe disso. O que importa é tentar.

— É a intenção que conta, então.

— Ah, mas você já tentou contar intenções? São extraordinariamente difíceis de mensurar.

Eu teria me recostado e suspirado, mas estava sentado em um pufe, de maneira que me recostar não era uma opção, e o suspiro teria sido taxado de condescendência melodramática pela minha interlocutora.

Em vez disso, eu disse:

— Sinto que esta é minha última chance.

O que, uma vez que saiu da minha boca, também soou como condescendência melodramática... mas também passou a ser uma verdade de boa-fé.

— Eis a questão sobre o amor — retrucou a Sra. Basil E. — Você tem uma última chance. E, então, quando isso não funciona, você mesmo cria outra última chance. Depois outra. Depois outra. Você continua até que suas últimas chances se esgotem.

— Mas se existem tantas, isso não significa que apenas a última é realmente...

— Não estou tentando provar um ponto semântico aqui — interrompeu a Sra. Basil E. — Estou tentando provar um ponto *emocional*. Não espero que me compreenda nesse nível... Você não passa de um broto romântico. Eu sou uma sequoia, então seria bom se ouvisse o que tenho a dizer.

— Sua experiência forma anéis ao redor da minha.

— Precisamente.

Fiquei de pé.

— Aprecio sua ajuda.

A Sra. Basil E. também se levantou.

— E eu aprecio sua apreciação. Agora, vamos trabalhar. Temos muitas questões logísticas para lidar. Vinte e três horas parece muito tempo, mas não é nada, Dash. É o tempo que um livro leva para cair da estante.

Olhei para o meu celular. Ainda sem resposta.

A Sra. Basil E. colocou a mão no meu braço. Um toque leve, mas determinado.

— Ela virá — assegurou-me. — Ela também não tem noção de que esta não é uma última última chance. Também é um broto. Mas esta é a beleza do seu amor juvenil: vocês podem aprender a ser árvores juntos.

— Se isso funcionar.

— Sim, se isso funcionar.

Domingo, 21 de dezembro

Encontrei Langston em frente à Strand. Além de a Strand ser o local do início da minha história com Lily, também é a melhor livraria do mundo, um país das maravilhas para os letrados e literatos. Se aquela fosse ser a última chance, eu voltaria para a primeira chance e faria todas as possibilidades da primeira chance ganharem vida um ano depois.

Langston segurava uma caixa. Erguendo-a para me mostrar, ele perguntou:

— Tem certeza de que isso é necessário?

Eu sabia que aquilo era difícil para ele. Eu sabia que o conteúdo da caixa era profundamente precioso para ele.

— Mark prometeu que vai tomar conta — garanti a ele. — As únicas mãos que vão tocá-lo serão as de Lily.

— Mas por que tem que ser o Joey? Ele era uma relíquia *vintage* das boy-bands quando minha amiga Elizabeth o deu para mim no quinto ano. Agora ele é, tipo, *supervintage*.

— A questão toda é que Lily saberá que é seu. Ela saberá que estamos todos juntos nisso.

Langston entendia isso, mas ainda assim foi duro para ele. Ele não entregou o prêmio até que estivéssemos na seção de literatura jovem, com seu primo Mark carrancudo ao nosso lado.

— Não sei por que estou te ajudando — resmungou Mark. — Mas cá estou eu, ajudando você. É uma afronta a cada gota da minha indiferença.

Ainda assim, até Mark se mostrou respeitoso quando Langston tirou o boneco de Joey McIntyre da embalagem.

— Tome cuidado — sussurrou Langston no ouvido de Joey. — Lembre-se: é pela Lily.

Tirei um exemplar de *Baby Be-Bop* da bolsa, removi a sobrecapa e a envolvi em um caderninho Moleskine vermelho. A partir daí, colocamos tudo em seus devidos lugares.

— Você não pode perder o Joey de vista — Langston instruiu Mark.

— Está falando como se ele fosse o Timberlake — resmungou Mark. — Mas tudo bem.

— E precisa avisar assim que ela aparecer — lembrei a ele.

— *Se* ela aparecer — corrigiu Mark, apreciando a ênfase.
— Se — concordei.
Eu não podia parar tudo para me preocupar com isso. Havia muitas outras coisas para fazer, em muito pouco tempo.

Vinte e duas horas e 57 minutos depois da minha mensagem anterior, enviei uma nova para Lily:
Esqueça o elfo na prateleira.
Vá para onde tudo começou e procure um New Kid on the Block.
Eu não tinha tempo para aguardar a resposta. Havia derrubado a primeira peça do dominó, e agora precisava rezar para que as outras estivessem no lugar certo para caírem.
Minha próxima parada foi ver Boomer. Ele era, talvez, a peça de dominó mais arriscada de todas, no que diz respeito à tendência para sair do caminho traçado.
As fileiras de camaradas de Oscar haviam diminuído consideravelmente, de modo que a floresta que Boomer tinha gerenciado alguns dias atrás agora era um caramanchão. Ainda assim, seu ânimo permanecia inalterado.
— Ainda tenho três dias para encontrar casas para todas elas! — sussurrou Boomer para mim, como se estivesse operando um abrigo de troncos.
Tirei um Tupperware quadrado da bolsa e o abri para mostrar o conteúdo a Boomer.
— Ah! — exclamou ele. — Lascas de madeira perfumadas.
Eu o encarei por um segundo.
— Não são lascas de madeira? É cocô de rena petrificado?
Engoli em seco.
— É engraçado, porque parecem ter o formato de letras!
— Sim — respondi. — Eles *têm* o formato de letras. São uma pista.

— Mas por que você soletraria uma pista com cocô de rena?
— Não é *cocô de rena*! Eu fiz biscoitos.

Boomer começou a rir. Não foi uma risadinha sarcástica. Não foi um *hi hi hi* amador. Não, Boomer começou a rir de doer a barriga e depois sacudiu o corpo inteiro, em gargalhadas descontroladas.

— Biscoitos! — disse ele quando teve fôlego suficiente para falar. — Esses são... os biscoitos mais feios... que eu já vi!

— São lebkuchen! — gritei. — Ou pelo menos deveriam ser. É uma receita de Nuremberg! Quero dizer, de Nuremberg por meio do site da Martha Stewart! De acordo com o site, eles datam do século XIV!

Boomer se acalmou e deu outra olhada dentro do Tupperware, desta vez como se fosse um relicário.

— Ah... isso explica tudo — disse ele, solenemente. — São do século XIV!

— *Não estes biscoitos específicos!*

Olhei para eles de novo e tive que admitir (para mim, não para Boomer) que eles tinham um ar gótico. Na minha pressa de prepará-los na noite anterior, precisei substituir alguns ingredientes (porque, ao contrário de Martha, eu não tinha quatro tâmaras *medjool* de bobeira na cozinha), e o resultado devia se próximo a como uma pessoa que adora pão enxerga os produtos sem glúten.

— Não posso deixar Lily comer isso — disse Boomer. — Ela pode ficar doente. Ou zangada.

— Eles não são para comer. São para *ler*.

Arrumei os biscoitos em ordem no fundo do Tupperware.

— "WAM MA'AM THANK YOU BAM!" — leu Boomer. Então acrescentou: — Sei que é uma música do Dean Martin, mas esse "wam" não deveria ter um *h*?

— Eu queimei o *h* e ele ficou irreconhecível, certo? Enfim... você se lembra da sua fala?
— "Lily, você precisa de algum esclarecimento?"
— Não, "esclar*a*cimento".
— "Esclarecimento."
— "Es-cla-rA-cimento."
— "Es-cla-rA-cimento."
— Perfeito. E se ela responder que sim?
— Eu digo: "Eu gostaria de quebrar essas nozes!"
— Não. "É uma noz dura de quebrar!"
— "Somos nozes quem quebramos!"
— "É uma noz dura de quebrar!"
— "Minhas nozes estão tão duras agora!"
— Boomer. Você *não* deve dizer "Minhas nozes estão tão duras agora!" para Lily. Você entende?
— De repente é melhor você anotar em um papel e eu apenas entregá-lo.
— Boa ideia.
Enquanto eu escrevia no verso de um recibo da Blick, meu celular vibrou.

```
A boy-band está morta, escreveu Mark. Viva a
boy-band.
```

```
O que você quer dizer?, digitei em resposta.
```

```
Essa música é do Bieber, "What do You
Mean?", não de uma boy-band, respondeu Mark.
```

```
Chega de semântica pop, interrompeu Langston,
já que se tratava de mensagens em grupo. Joey está
em trânsito?
```

Ele está indo passo a passo com a nossa garota, "Step by Step", Mark respondeu. E eles têm um Moleskine vermelho para ler.

Fiquei espantado com o quanto fiquei aliviado. Algo estava acontecendo. Lily e eu precisávamos que algo acontecesse, e naquele momento algo estava acontecendo.
— OK, Boomer, preciso ir — disse eu.
— Ah, caramba, Dash, me desculpe... não temos banheiro.
— Não é *esse* tipo de "preciso ir". É mais do tipo "tenho que estar em outro lugar".
— Bem, espero que tenham um banheiro lá!
— Eles têm — assegurei a ele. — Eles têm alguns.

Eu sabia que não havia como seguir Lily, não se eu quisesse terminar onde precisaria estar.
Havia três pistas entre a Strand e Boomer, e Lily as desvendou uma a uma.
Vá para a 92 para ver as velas 9 e 10.
(Nossos amigos judeus ortodoxos nada ortodoxos Dov e Yohnny estavam ao lado da grande menorá no saguão do centro cultural 92nd Street Y, segurando velas e uma pista.)
É hora de a outra bota ficar... no mesmo lugar em que você perdeu a primeira.
(Sofia tinha convencido o dono de uma boate badalada a deixar Lily entrar durante o dia. A Sra. Basil E. havia me emprestado uma bota dela para colocar na cabine do banheiro onde eu deixara uma mensagem para Lily um ano atrás. A mensagem dizia: *Devolva o caderninho para o sujeito bonitão de sapato de sola de borracha com um chapéu fedora*. Desta vez Sofia havia copiado minha caligrafia para escrever: *As pequenas raposas querem que você saiba que isso não é um beco sem*

saída. A calúnia pode ter acabado, mas ainda há tempo para um frozen de chocolate quente.)

(Isso levaria ao Serendipity, porque todo mundo em Nova York sabe que existe apenas um lugar em Manhattan onde se toma frozen de chocolate quente. Lá, o avô de Lily estaria esperando em uma mesa; Sofia avisaria a ele por mensagem para estar com a bebida pronta no momento certo. Ele foi instruído a não falar sobre o caderninho vermelho com Lily, mas falar sobre qualquer outra coisa que ela quisesse. Então, quando a conta chegasse, o garçom teria escrito a próxima pista no verso da notinha: *Se uma árvore cai na floresta, quem tem a maior probabilidade de ir até lá para ver se ela está bem?*)

Isso levaria a Boomer.

E Boomer levaria ao Brooklyn.

Boomer me mandou uma mensagem quando saí do metrô:

```
A boa notícia é que ela está a caminho. E
nem pediu esclarAcimento.
```

Esperei pela má notícia.
E esperei.
Por fim, digitei:

```
Qual é a má notícia?
```

```
Ah, sim! A má notícia é que, mesmo depois
que avisei para não fazer, ela experimen-
tou um dos biscoitos.
```

Eu não tinha tempo para me preocupar com isso — proezas gastronômicas nunca tinham sido a base do nosso relacionamento —, então eu não havia comprometido muita coisa mostrando a ela os limites dos meus dotes culinários. Em vez disso, fui para a Brooklyn Academy of Music, BAM, e me preparei para a chegada de Lily.

O espetáculo em cartaz na BAM era uma produção do Grupo de Dança de Mark Morris baseada em O *Quebra-Nozes* chamada *The Hard Nut* (A noz dura). Ele pegou a história familiar de O *Quebra-Nozes* e a situou em uma casa suburbana excêntrica da década de 1970. Uma das grandes cenas era uma festa de Natal dançante que dava errado. Outra envolvia Marie, a Clara deste *Quebra-Nozes*, lutando contra o Rei dos Ratos com apenas uma lanterna para se defender.

O palco parecia uma versão em desenho animado de uma casa de sitcom dos anos 1970 — tudo um pouco maior que na vida real. Mas havia uma árvore, e debaixo da árvore havia presentes.

Um deles era para Lily.

Esta havia sido a parte mais complicada do plano. Por sorte, a Sra. Basil E. tinha uma relação com a BAM. ("Eu ajudei as artes por tanto tempo que é perfeitamente natural que eu apele às artes para me ajudarem", explicou ela.) Lauren, a dançarina que interpretava Marie, me deixou entrar no teatro. Quando Lily chegasse, ela encontraria David, o dançarino que fazia o Príncipe Quebra-Nozes, esperando para guiá-la até o palco. Então ele desapareceria, e todos os outros esperariam nas coxias. Aquele ensaio não costumava ser aberto ao público, e eles estavam adicionando um personagem extra por um curto período de tempo.

Tomei meu lugar na galeria mais alta da casa de ópera vazia. Langston, Sofia, Boomer, a Sra. Basil E., Dov e Yohnny estavam todos me mandando mensagens para saber como as coisas estavam indo. Dei a eles uma atualização rápida e desliguei o celular.

Quase não ouvi a porta se abrir. Do lugar onde eu estava, não consegui ver Lily de início — só quando ela caminhou pelo corredor em direção ao palco. Ela segurava o Moleskine vermelho em uma das mãos e Joey McIntyre na outra. De tão longe, era difícil ler seu semblante.

Havia um único holofote iluminando a árvore. Lily subiu as escadas até o palco, então olhou ao redor para ver se havia mais alguém ali. Os holofotes se estreitaram para focar em um único presente, e Lily deu um passo em direção a ele. Se você apertasse os olhos, poderia imaginar que ela era Clara, acordando na manhã de Natal. Quando abrisse os olhos, veria que ela estava crescida, quase uma adulta, mas com o mesmo assombro aparecendo em seus movimentos, porque isso não é algo que você precise perder ao crescer.

Eu havia embrulhado a caixa com a receita dos biscoitos lebkuchen. Dentro havia outra caixa, envolta em citações de *Baby Be-Bop*. Em seguida, outra caixa, com um papel de embrulho que eu tinha guardado da FAO Schwarz. E uma caixa ainda menor, embrulhada em um anúncio de jornal de *Corgi & Bess*. Por fim, a menor caixa de todas, com o nome dela escrito na tampa com a minha caligrafia.

Ela abriu. Tirou o envelope. Abriu o cartão e leu as duas palavras que escrevi antes de assinar meu nome. Um cartão-presente caiu. Ela deu uma olhada, viu de onde era e qual era o valor.

Sorriu.

Então, como se soubesse que eu gostaria de estar lá para vê-la sorrir, ela olhou para cima. Eu tinha certeza de que seria apanhado, mas não tinha certeza se isso seria ruim ou não. No entanto, quando os olhos dela se ergueram para o parapeito, as luzes do palco se acenderam e começou a tocar Tchaikovsky. Assustada, Lily recuou até a árvore.

As fadas de flocos de neve começaram a dançar.

Aquela era a minha parte favorita do balé. Eu sabia que seria a parte favorita de Lily. O redemoinho vertiginoso de bailarinas imitando os movimentos da neve no ar. E, então, enquanto a música aumentava, um salto no ar... braços estendidos... e neve. Neve de papel saindo da ponta dos dedos delas. Neve de papel enchendo o ar, cobrindo o palco.

Eu sabia que aquela era a minha deixa. Eu sabia que precisava sair a tempo para a última peça do quebra-cabeça. Mas fiquei lá e assisti. Eu tinha que ver Lily segurando a posse mais valiosa de seu irmão, com a barriga cheia do chocolate quente do avô, guiada até ali por amigos e familiares. Se aquilo não a fizesse feliz, talvez eu nunca fosse capaz de fazer. Se aquilo não a resgatasse dos lugares mais sombrios para os mais coloridos, talvez eu tivesse chegado tarde demais.

Mas eu não tinha chegado tarde. Mesmo da galeria mais alta, eu podia ver.

Com a discrição de um invasor de chaminés, saí do teatro na ponta dos pés. Liguei meu celular novamente e enviei uma mensagem para o grupo.

A felicidade não se compra.

Eu sabia que a última parte do plano seria a mais desafiadora. Mas eu estava errado no diagnóstico de quais seriam os verdadeiros desafios.

Eu achava que o Papai Noel seria o problema, mas acabou sendo o elfo.

Encontrei o assustador tio-avô Sal de Lily em um provador da Macy's. Eu estava vestindo minhas roupas civis. Ele estava vestindo seu uniforme de Papai Noel.

— Temos que fazer isso depressa — disse ele. — Você vai lá, faz suas coisas com a Lily e depois volta aqui, certo?

— Tudo bem — respondi a ele, desejando ter alugado uma fantasia. (Eu tinha ligado para três lojas na noite anterior; estava esgotada em todas.) — Vou esperar no provador ao lado, e você passa a roupa pela cortina.

— Não, não — protestou ele, começando a tirar a parte de cima da roupa de Papai Noel. — Aqui e agora.

O provador não era grande o suficiente para nós dois. Eu podia sentir o cheiro do suor do Papai Noel.

Por conta da minha interação anterior com aquele Papai Noel, eu sabia que ele não estaria vestindo uma camiseta por baixo de seu casaco de Papai Noel. Ainda assim, saber e ver eram duas coisas muito diferentes. Porque ser forçado a tocar a barriga grande e peluda do Papai Noel para pegar um envelope de Lily não era nada comparado a ver a barriga em carne e osso — bem mais carne que osso. Além disso, também havia uma tatuagem de duas palavras: SIM, VIRGINIA. Só que a dobra da barriga do Papai Noel tinha cortado as duas últimas letras, formando "*virgin*", virgem em inglês.

Peguei o casaco do Papai Noel e joguei sobre a minha cabeça, pelo menos para cobrir meus olhos. Era grande demais para mim, mas tudo bem; eu não estava em busca de precisão, apenas de efeito. Quando o vesti, olhei e vi que Papai Noel havia tirado a calça vermelha, revelando uma cueca samba--canção com estampa de bengalas doces.

Papai Noel me flagrou olhando e murmurou:

— Gostou?

Peguei a calça das mãos dele e rapidamente tentei vesti-la. Mas, ao focar na velocidade, perdi o equilíbrio e, quando coloquei a segunda perna, comecei a cambalear... e me vi caindo direto no peito do Papai Noel.

— Ho-ho-ho! — gritou ele, todo feliz.

— Não, não, não! — gritei em resposta.

Tentei puxar a calça para cima e meu corpo para trás, mas não fui rápido o bastante. Porque, bem quando me inclinei para passar a segunda perna da calça por cima do meu tênis, a porta do provador se abriu e um elfo gritou:

— O QUE VOCÊ PENSA QUE ESTÁ FAZENDO?!?

E não era qualquer elfo...

Mas o ajudante número um do Papai Noel.

Nós tínhamos agredido um ao outro ano passado, e ali estávamos nós outra vez.

— ESCÂNDALO! — gritou ele. — ESCÂNDALO NO PROVADOR QUATRO!

— Desmond — disse Papai Noel. — Fique calmo.

— ELE ESTÁ ROUBANDO SEU TRAJE!

— Está pegando emprestado.

— ISSO NÃO É PERMITIDO!

Terminei de vestir a calça e apalpei o bolso do casaco. Como prometido, havia uma barba dentro.

Eu estava prestes a pegar o gorro de Papai Noel quando o elfo entrou e bloqueou minha saída.

— PAPAI NOEL! — repreendeu ele.

— Vá — disse Papai Noel.

Levei um segundo para entender que ele estava falando comigo.

— Tem um gorro reserva debaixo do trenó — acrescentou.

Fiz um movimento para sair. Eu só precisava passar pelo elfo.

— NÃO PERMITIREI SAFADEZA! — berrou ele. — SEGURANÇA! *SEGURANÇA!*

Lily chegaria ali a qualquer momento. Eu teria que empurrá-lo para passar. Estava me preparando para passar por cima do elfo. Mas então o Papai Noel estendeu os braços nus, agarrou o elfo pelos ombros e o puxou para um beijo.

Meu caminho estava livre. Fugi correndo.

Ao passar pelo grande espelho do provador, coloquei a barba. Não era do meu tamanho, mas iria servir.

— PAPAI NOEL, SEMPRE FOI VOCÊ! — gritou Desmond do provador número quatro enquanto eu me dirigia para o meu trono.

Benny estava esperando por mim na aldeia do Papai Noel daquele mesmo andar para desempenhar o papel mais arriscado do dia. Nos dez minutos seguintes, ele teria o trabalho perigoso de fingir ser um estagiário da Macy's e dizer aos pais que o Papai Noel estava fazendo uma pausa para ir ao banheiro e que eles deveriam tentar o Papai Noel do segundo andar se precisassem de atenção imediata. Ele nem sequer tinha um crachá da Macy's, apenas uma prancheta e uma expressão inflexível. ("As pessoas nunca dizem não quando você está carregando uma prancheta", ele havia me assegurado. "Se foi o suficiente para me levar até o camarim da Adele, será o suficiente para permitir a sua imitação de Papai Noel.)

O posto de Papai Noel que Sal ocupava ficava na parte de trás de um trenó. Enfiei a mão embaixo, encontrei um traje reserva completo e peguei o gorro. Não havia espelho, então usei meu celular para dar uma conferida em mim mesmo e ajeitar tudo no lugar. Eu estava tão concentrado nisso que não notei o garotinho na minha frente até que ele disse:

— Papai Noel, por que você está tirando uma selfie?

— Eu só estava esperando você aparecer — respondi, enquanto pensava: *Como você passou pelo Benny, garoto?*

(Resposta: Crianças não dão a mínima para pranchetas.)

Sem um momento de hesitação, o menino subiu no meu colo e se sentou no meu colo.

Tudo bem, pensei. *Vamos fazer isso.*

— Qual é o seu nome? — perguntei.
— Max.
— E você foi um bom menino este ano?

Eu podia vê-lo fazer os cálculos mentais e então descobrir qual resposta levava aos presentes.

— Sim — disse ele, decidido.
— Ótimo. Isso é tudo que eu preciso saber. Tenha um feliz Natal!

Mas Max não estava se mexendo.

— O Tanner da minha turma falou que você não é real — disse ele.

— Estou bem aqui — afirmei.

Mas isso não pareceu certo. Se não era mentira, parecia ser uma resposta evasiva. Max merecia mais de mim.

— Olhe, Max. O que eu realmente quero que você lembre... é que não importa se eu de fato moro no polo Norte ou se sou eu quem traz os seus presentes no Natal. Pessoas como Tanner vão te dizer que eu sou um farsante e, então, quando você ficar mais velho, pessoas como Tanner vão te dizer que outras coisas são uma farsa. Mas você sabe qual deve ser a sua resposta? *"E daí?"* É isso que você diz a eles. Porque, no fim das contas, não importa se a história é verdadeira ou não. O que importa é o carinho que foi colocado na história. O amor. Se algo é uma farsa, isso geralmente significa que alguém dedicou um tempo para construir uma história para você. E construir histórias dá *muito* trabalho. E, sim, chegará um momento em que você verá que a história não é verdadeira. Mas e as intenções por trás dela? Completamente verdadeiras. E o amor por trás dela? Verdadeiro também.

Os olhos de Max estavam um pouco vidrados. Quando terminei, ele piscou e perguntou:

— Mas e os presentes?

— Você vai receber. E eles virão de pessoas que te amam. O que tem muito mais valor do que ter os presentes entregues por algum sujeito aleatório com renas à sua disposição.

Max pareceu satisfeito com isso.

E a garota atrás dele também.

Eu tinha ficado tão focado em Max que não percebera Lily entrar.

— Ei, olá — falei.

Ela tinha guardado o Joey, o Moleskine vermelho e o vale-presente de 21,12 dólares da Macy's. A única coisa em sua mão era o cartão que eu havia escrito para ela, com suas duas palavras:

Feliz aniversário.

— Pode ir agora — murmurei para Max.

Ele desceu do meu colo e partiu em direção a Benny, que estava esperando para levá-lo até os pais.

— Oi — disse Lily.

— Oi — respondi.

— Está vestido de Papai Noel — observou ela.

— Você não deixa passar nada, não é mesmo?

— Por mim.

— Vamos dizer apenas que essa não é uma situação que teria ocorrido se eu nunca tivesse te conhecido.

Lily pegou seu celular e sorriu.

— Desculpe, mas preciso fazer isso.

Ela tirou uma foto. Mas era eu quem realmente queria tirar uma foto — não de mim em uma fantasia de Papai Noel, mas dela me vendo em uma fantasia de Papai Noel. Ela parecia alguém que acreditava que eu era real.

— Feliz aniversário — disse a ela, repetindo as duas palavras que tinha escrito no cartão.

— Feliz aniversário.

— Agora venha cá. Temos pouco tempo antes que outra criança se aproxime de Benny.

— Eu não vou me sentar no seu colo — disse Lily.

Dei um tapinha no banco do trenó.

— Deixei espaço para você aqui.

Ela largou a bolsa e se sentou ao meu lado. Ainda estava um pouco sem fôlego de tanto correr para lá e para cá.

— Então — comecei —, conte como foi o seu ano.

Em resposta, ela começou a chorar.

Eu não esperava por isso, mas não foi inesperado. Eu sabia que estava dentro dela. Só não sabia se ela colocaria para fora em algum momento. Fiquei grato pelo fato de o Papai Noel usar roupas macias, porque tornou mais fácil para mim puxá-la para perto, abraçá-la.

— Está tudo bem — falei.

Ela balançou a cabeça.

— Não, não está.

Segurei seu queixo, fazendo com que ela desviasse a atenção da barba e olhasse nos meus olhos.

— Não. Quero dizer que está tudo bem que não esteja tudo bem.

— Ah! Tudo bem.

O Papai Noel é um idiota por voar por aí sozinho. Quem iria querer viajar pelo mundo sem o batimento cardíaco de outra pessoa ao seu lado?

— Temos que conversar um com o outro — continuei. — Sempre haverá uma parte de nós que está na correria, mas tem que haver outra parte que sabe onde fica a nossa base. Nosso polo Norte, por assim dizer. Mesmo que não exista de verdade, ainda poderemos chegar lá se concordarmos que existe. Eu te amo, e ver você tão chateada está me fazendo perder a cabeça. Quero consertar isso, e sei que não posso.

Mas minha vontade é reescrever o mundo inteiro para que você possa consertá-lo. Quero inventar uma história que o mundo todo vai desejar celebrar, e, nela, as pessoas que amamos nunca ficarão doentes, e nunca ficarão tristes por muito tempo, e haveria frozen de chocolate quente ilimitado. Talvez, se dependesse de mim, eu não faria o mundo inteiro acreditar coletivamente em Papai Noel, mas eu com certeza faria com que eles acreditassem coletivamente em *alguma coisa*, porque há um tipo confuso de beleza na maneira como todos podemos nos virar do avesso para fazer a vida parecer mágica quando queremos. Em outras palavras, depois de refletir um pouco, acho que a realidade tem o potencial inequívoco de ser uma grande porcaria, e a única maneira de contornar isso é escapando da realidade de vez em quando e encontrando algo um pouco mais agradável com alguém de quem você gosta completa e genuinamente. Na minha vida, essa pessoa é você. E se é preciso eu me vestir como o Papai Noel para te dizer isso, então que assim seja.

— Mas e se tudo for apenas uma farsa? — perguntou Lily.

— Acho que, talvez, quando embarcamos na farsa, descobrimos mais sobre quem realmente somos. Não que eu queira ser o Papai Noel. Mas acho que quero ser o cara que passa por todos os tipos de horrores psicológicos para se vestir de Papai Noel por você.

— Horrores psicológicos?

Como se fosse uma deixa, houve uma comoção fora do nosso espaço. Era a voz de um elfo, alta e clara:

— TEMOS UM INTRUSO NO LOCAL!

Eu me virei para Lily.

— Lembra do que eu disse antes? Bem, eu mantenho a parte de inventar histórias, e a parte do "Eu te amo" e a parte de me vestir de Papai Noel para fazer você feliz. Mas estou repensando a parte de não ficarmos tanto na correria, já que agora seria um *excelente* momento para dar o fora depressa.

— Podemos pegar o trenó?

— Acho que o trenó está preso no chão. Teremos que arranjar uma saída bem mais prosaica. Você topa?

Lily se levantou, enxugou os olhos e pulou do trenó.

— Eu supertopo.

Encontramos uma porta de saída e a atravessamos. Então entrei em um banheiro masculino e me despi dos trajes de Papai Noel; não queria parecer um remanescente da Santa-Con, vagando pelas ruas à procura da ponte ou do túnel para me levar para casa. Deixei a roupa de Sal pendurada na parte de trás de uma porta, depois mandei uma mensagem para ele com uma foto da localização.

Quando saí do banheiro masculino, peguei Lily rabiscando no Moleskine vermelho. Assim que me viu, ela o fechou.

— Vamos? — perguntei.

— Para onde?

— Eu estava pensando em assistirmos à sessão das sete de *A felicidade não se compra* no Film Forum. Tenho alguns biscoitos na minha bolsa.

O olhar no rosto dela foi impagável. A Doce Lily estava se perguntando como me contar algo com jeitinho.

— Biscoitos da Levain — acrescentei. — Não sei bem como fazem, mas levam noventa por cento de açúcar, noventa por cento de manteiga e talvez seis por cento de farinha. Em outras palavras, devemos comer o máximo possível enquanto ainda somos jovens e nossos corpos conseguem aguentar.

Chegamos à porta que dava na Herald Square. Uma nada milagrosa Rua 34 nos recebeu.

— Lembre-se — disse a Lily. — O que quisermos. Do jeito que quisermos que a nossa história se desenrole. Este não é o momento para a realidade. A realidade pode voltar em janeiro, se for preciso. Mas agora... a cidade é nossa para criar o que bem entendermos.

Eu pensei que avançaríamos com tudo, mas Lily ficou onde estava, os pedestres passando por nós.

— Dash? — disse ela. — Você percebe que disse aquilo, certo? Duas vezes.

— Sério? — respondi. — Achei que só tivesse dito "inequívoco" uma vez.

O rosto dela se entristeceu.

— Eu não estava falando disso.

Eu a olhei bem nos olhos.

— Direi de novo agora mesmo, se você quiser. Na verdade, quero contar para esses desconhecidos. — Comecei a me dirigir às pessoas que passavam por nós. — Senhor, eu amo a Lily. Senhora, acontece que eu amo a Lily. Eu amo a Lily... Eu amo a Lily... EU AMO A LILY! Eu sou um tolo apaixonado que se veste de Papai Noel pela Lily! Se amar a Lily é um crime, então me declare culpado da acusação! Devo continuar?

Lily assentiu.

— Eu amo a Lily mais do que vocês amam o Natal! Eu amo a Lily mais do que o senhor Macy ama o dinheiro do consumidor! Eu amo tanto a Lily que isso deveria ser colocado nas vitrines! Meu amor pela Lily é maior do que o PIB da maioria das nações industrializadas! Eu amo...

Lily colocou a mão no meu braço.

— Certo. Pare.

— Estamos em sintonia agora?

— Acredito que sim.

— E, mesmo que não tenha nenhum visco por perto, posso te beijar no meio da entrada desta loja de departamentos lotada?

— Pode.

E lá estávamos nós. Aquele par de adolescentes completamente detestáveis se beijando na porta de uma grande loja de departamentos, provocando caras feias e xingamentos dos transeuntes e não se importando nem um pouco.

— Feliz aniversário de namoro — falei, me afastando.

— Feliz aniversário de namoro — falou ela, me puxando.

Então, de mãos dadas, adentramos na noite.

Ainda tínhamos quatro dias até o Natal, e estava na hora de ocupá-los com a história certa.

dez

(Lily)

Rawkettes saltando
Segunda-feira, 22 de dezembro

O Natal que se dane, porque eu já tenho o que quero: Dash.

Eu podia sentir a luz fraca do sol da manhã no meu rosto, mas, antes de abrir meus olhos, quis curtir a respiração dele subindo e descendo contra o meu peito, seu corpo quente junto ao meu.

Ontem (sem dúvida o melhor dia da minha vida, tirando qualquer dia de estreia de *Star Wars*), Dash e eu declaramos nosso amor um pelo outro. Quando Dash me trouxe em casa à noite, nós nos aconchegamos perto do fogo, olhando para nosso lindo bebê-árvore, Oscar. Eu disse a ele quanto o amava.

— Amo seus livros obscuros, suas músicas melancólicas e até seus biscoitos horríveis. Amo sua gentileza. Eu te amo por amar o Natal, mesmo sem querer. Por mim. — Eu vinha segurando aquilo por muito tempo e precisava pôr tudo para fora.

— Quando você soube que me amava? — perguntei a Dash.

— Não houve um momento em si — disse ele. — Não pareça tão decepcionada. Foi mais uma percepção gradual. Saber como minha vida era mais agradável por ter você nela. Sofia me contar como eu parecia mais leve e feliz desde que te conheci.

Eu não tinha mais ciúme de Sofia. Pelo menos não em relação a Dash. Eu nunca deixaria de ter ciúme de sua euro-elegância e de seu relacionamento não americano e racional com alimentos açucarados.

— Você disse a Boomer e Sofia que me amava antes de dizer para mim?

— Não precisei. Aparentemente todo mundo sabia antes de que eu me desse conta.

— Fizemos aniversário de namoro! Eu amo a gente por isso! Eu te amo por me dizer que me amava nesse dia!

— Você não se lembrava, não é?

— Não — confessei. Tradicionalmente, minha mente dezembrina sempre esteve tão envolvida com o Natal que nem tinha me ocorrido que meu próprio romance poderia ser incluído nas datas importantes do fim do ano. — Com qual livro de Nicholas Sparks você acha que nós, como casal, nos identificamos mais? Diga *Diário de uma paixão*!

Os olhos azuis e sonhadores de Dash ficaram cinza-azulados e gélidos.

— Nem brinque com uma coisa dessa — disse ele.

Eu não estava brincando.

Perguntei:

— Estou estragando o momento falando demais?

— Sim. Vamos conversar em silêncio.

E assim fizemos, por meio de muitos, muitos beijos, antes de adormecermos no chão da sala de estar, totalmente vestidos, totalmente exaustos.

Por ora, havia o acordar um ao lado do outro para saborear. Senti baba pingando no meu braço e abri os olhos devagar. Porcaria! Era com Boris que eu estava de conchinha, e não com Dash. Minha decepção ao acordar não se justificava. Na verdade, eu era duplamente abençoada. Já tinha o que queria, no ano atual *e* no ano passado. Dash e um cachorro. Meu Moleskine vermelho era mais do que eu precisava.

Dash estava deitado do outro lado de Boris, não totalmente desperto. Ele também já tinha conseguido o que queria de Natal. Sua mãe viajou de férias e não insistiu para que Dash ficasse com o pai enquanto ela estava fora, então Dash não precisou mentir para nenhum deles dizendo que estava no apartamento do outro. O que Dash mais queria era ter sua casa só para si. Ele poderia ter isso, mais tarde. Por enquanto, era todo meu.

Meu coração ainda estava explodindo de alegria. Eu amava um garoto! Ele me amava! Ele fez biscoitos para mim! E eu não passei mal por causa deles!

Eu sabia que enfrentava uma concorrência acirrada por sua afeição. Dash olhou avidamente para a estante ao lado de Oscar. Em vez de dizer "Bom-dia", perguntei a ele:

— Por que você gosta tanto de livros?

Não era uma pergunta hostil, como se eu tivesse ciúme daquelas lombadas firmes e cheias de cor que contemplavam tanta maravilha entre suas... páginas. Eu estava genuinamente curiosa.

Dash disse:

— Desde que eu era bebê, minha mãe me levava à biblioteca pelo menos uma vez por semana. Os bibliotecários eram como Mary Poppins para mim. Sempre sabiam como combinar um livro com meu estado de espírito ou com o que eu estava vivendo no momento. Eu sempre encontrava paz nos livros.

— E refúgio?

— Refúgio, óbvio. Mas não se tratava tanto de fugir, mas de ir. Você pode ir a qualquer lugar em um livro. Livros são aventura. Conhecimento. Possibilidade. Magia.

Eu não podia acreditar que meu amado Dash rabugento tinha falado tal blasfêmia. Apoiei os cotovelos no chão, erguendo o tronco, e olhei para seu rosto maravilhoso. (E contemplei o rosto maravilhoso e balofo de Boris ao lado de Dash também. Eu era uma garota de muita sorte!)

— Você acredita em magia? — perguntei para Dash.

Aqueles dois rostos. Meu namorado e meu cachorro. Eles eram minha magia.

— Acredito — disse Dash. Então, sério, acrescentou: — Mas, por favor, nunca conte a ninguém que eu disse isso.

— Eu ouvi! — gritou meu irmão, Langston, enquanto caminhava pela sala em direção à cozinha. Ele cantarolou: — *Dash acredita em magia. Deve ser amor!*

Benny seguiu meu irmão até a sala. Vendo Dash e eu deitados juntos no chão, Benny se esfregou no quadril de Langston de brincadeira.

— O namoradinho está dormindo aqui agora? — disse Benny para mim. — Por sorte mami e papi ainda estão em Connecticut! — Ele olhou para Dash, depois de volta para Langston. — A gente dá uma surra no Dash agora ou depois?

— Somos legais com Dash agora — disse Langston com um suspiro.

— *Ñoña es!* — disse Benny, o que imaginei ser o "Nem fodendo!" de porto-rico.

— É amor, eu acho — afirmou Langston, com um sorriso de escárnio.

Benny disse:

— *Diantre!* É cedo demais para dar o presente de Natal?

Langston deu de ombros.

— Se você faz questão... — Ele se dirigiu a Dash. — Pode nos agradecer por deixar você abrir isto agora e não depois, na frente dos pais da sua namorada.

Dash não disse nada.

— Ingrato — resmungou Langston.

Benny foi até a pilha de presentes de Natal e pegou uma caixa embrulhada com um papel de presente colorido da Strand. Ele jogou a caixa para Dash. Dash a desembrulhou. Era nitidamente um box de livros, então não entendi por que o rosto de Dash ficou tão vermelho. Ele o ergueu para que eu visse: as Obras Completas de D. H. Lawrence.

— *Feliz Navidad!* — exclamou Benny.

Eu não sabia por que D. H. Lawrence deixaria meu namorado tão constrangido (e com certeza eu iria pesquisar no Google imediatamente depois para descobrir).

— Seja sexy, seja cuidadoso, querido Dash literário! — disse Langston, rindo.

— Disse a pessoa que está se mudando para Hoboken — retrucou Dash. — Sexy. Cuidadoso. Hoboken. Hum, qual dessas palavras destoa?

— HOBOKEN? — gritei.

A reação foi tão instintiva que não tive tempo de processar que Boris estava deitado ao meu lado. Ao ouvir o meu grito, Boris se pôs de pé e avançou em Benny, a pessoa menos familiar para ele na sala.

— Por acaso esqueci de te contar a localização do nosso novo apartamento? —perguntou Langston para mim.

— Sigilo deliberado — falei, em tom acusatório.

Mas eu sabia que também tinha culpa nisso. Eu havia ficado tão chateada por Langston me dizer que estava se mudando que esqueci de perguntar para onde.

Langston disse:

— Em Manhattan e no Brooklyn é tudo muito caro. E o Queens e o Bronx ficam muito longe de Downtown.

— *Hola!* — disse Benny. — *Me ayuda!*

— Junto! — ordenei a Boris, que então saiu de cima de Benny.

— Café da manhã — disse Dash.

— Vou preparar — disse Langston. — De nada.

— Não com você — contestou Dash. Ele pegou minha mão. — Temos um encontro marcado com a Sra. Basil E. Ela quer discutir os planos para sua festa de Natal.

A empolgação no rosto de Dash era palpável. Para um cara que antes odiava o Natal, ele certamente tinha virado a página. Ideia de presente: livros cheios de visco. Dash puxou minha mão para seu rosto e deu um beijo na minha palma. Se tivesse ao alcance dele, acredito que teria polvilhado o beijo com pedacinhos de bengala doce.

Dash acreditava em magia. Dash adorava o Natal. Dash *me* amava!

Na verdade, sou tão superficial que estava envolvida demais com o amor no meu coração e a promessa do café da manhã para me debruçar sobre a ideia de meu irmão se mudar para o fim de mundo que era Hoboken. Que seja. Vá logo, Langston. Para que me importar? Eu tinha Dash. Minha verdadeira preocupação era que meu relacionamento com meu namorado fosse na verdade um artifício para Dash passar mais tempo com seu verdadeiro amor, minha tia-avó octogenária.

Langston declarou a Dash:

— Eu gostava mais de você quando era rabugento.

Dash disse:

— Você não gostava nem um pouco de mim.

— Exatamente — arrematou Langston.

Doeu admitir. Mas foi o que eu fiz.

— O vovô parece ótimo — comentei com a Sra. Basil E. em particular enquanto ela nos conduzia da sala de estar à sala de jantar para o café da manhã.

Ele caminhava à nossa frente com Dash. Havia um vigor em seus passos novamente, e seus olhos estavam brilhando com a alegria e a malícia de antigamente quando ele nos cumprimentou.

A Sra. Basil E. disse:

— Todo o cuidado que você vinha dedicando a ele o estava desgastando. Ele não quer ser um fardo e se sentia culpado o tempo todo.

— Ele não é um fardo! — exclamei, prestes a defender a assistência que prestávamos, quando a Sra. Basil E. me silenciou.

— Ele também é meu parente — disse ela. — E você precisa ser jovem e tomar conta de si. Na próxima semana vou entrevistar cuidadores para atender às necessidades dele.

De alguma forma eu sentia como se tivesse decepcionado o vovô.

— Mas eu posso fazer o trabalho — resmunguei.

— Sei que pode, querida. Mas, por enquanto, sua família quer que seu trabalho seja voltar a ser uma adolescente.

— E passeadora de cães.

— Se você insiste.

Um glorioso café da manhã estava servido na mesa de jantar. Ovos, bagels, café, suco, salada de frutas e uma grande quantidade do item favorito de Dash: iogurte. Nós nos sentamos para desfrutar do banquete.

A Sra. Basil E. disse para mim:

— Ponha um pouco de salmão defumado no seu bagel, ursinha Lily. Mandei trazer do Barney Greengrass esta manhã. É o melhor.

Muitas vezes, quando a Sra. Basil E. sugeria que eu comesse alguma coisa que já teve olhos, eu educadamente colocava um pouco da carne no meu prato e ficava mexendo para lá e para cá, mas nunca comia. Desta vez seria diferente.

— Eu gostaria de não ser mais chamada de ursinha Lily, por favor — pedi. — E sou vegetariana.

— Você não come nem peixe? — indagou a Sra. Basil E.

Eu nunca vou entender por que quem come carne sempre faz essa pergunta quando digo que sou vegetariana. Se na sequência ela perguntasse de onde eu obtinha proteína, eu ficaria tentada a atirar o meu prato na parede como a Lily Não Ursinha ingrata porém farta dessa pergunta que eu sou.

— Não, eu não como peixe — respondi, delicadamente.

— Por que não disse isso antes? — reclamou a Sra. Basil E. — Seria um absurdo desperdiçar essa glória nesse seu paladar maçante.

Ela colocou uma fatia adicional de salmão defumado no bagel do vovô.

— Bom! — disse o vovô entre mordidas.

— E ela não é mais a nossa ursinha — prosseguiu a Sra. Basil E., dirigindo-se ao vovô. Eles balançaram a cabeça com tristeza. — Isso é coisa sua? — perguntou ela a Dash.

— Não tive nada a ver com isso — retrucou Dash. — Lily é vegetariana desde o jardim de infância.

A Sra. Basil E. arquejou.

— Ninguém nunca me falou!

Eu tinha falado para ela um milhão de vezes. Tinha ido a restaurantes vegetarianos com ela. Minha tia-avó é muito perspicaz, mas, assim como o vovô, está ficando mais esquecida. É preocupante. Naquele momento eu me decidi. Se meus pais se mudassem para Connecticut, eu aceitaria o convite da Sra. Basil E. para morar ali, com ela e o vovô. Eles precisavam de mim. Cinco andares eram mais do que suficiente para todos nós. E Boris. Cinco andares de escadas seriam um problema para o vovô. Mas encontraríamos uma maneira de mantê-lo em movimento.

Dash disse:

— Os bagels estão deliciosos.

— Óbvio que estão — concordou a Sra. Basil E. — Eu não perco tempo com carboidratos medíocres.

— Então como podemos ajudá-la com sua festa de Natal? — Dash perguntou à Sra. Basil E.

— Comparecendo — disse ela, como se fosse óbvio.

— Achei que tivesse nos chamado aqui porque precisava da nossa ajuda. A gente ficaria feliz em ajudar — afirmou Dash.

— Eu contrato ajudantes para minhas festas, meu jovem. — Ela olhou para ele, depois para mim, depois para Dash de novo. — Então agora é amor?

— Aniversário de um ano! — declarei com orgulho.

Um desafio dentro de um Moleskine vermelho tinha me levado àquele rapaz maravilhoso. Ali estávamos nós um ano depois. Mais fortes do que nunca. Amor declarado oficialmente.

— Me passe a lista, irmão — disse a Sra. Basil E. ao vovô.

Vovô enfiou a mão no bolso e tirou uma folha de papel dobrada, que entregou à Sra. Basil E. Ela desdobrou o papel e pressionou os vincos para esticá-lo, e então entregou a folha para Dash.

— Se você vai oficializar o compromisso com Lily, aqui está a lista de feriados, em ordem decrescente de importância. Minha festa da noite de Natal está no topo, obviamente.

Eu não conseguia acreditar que Dash tinha obtido uma cópia da Lista. Normalmente, os membros em potencial de nossa família não a recebiam até que estivessem noivos de um de nossos parentes. *E também* cadastrados em uma loja de presentes de casamento aprovada pela Sra. Basil E.

— Não entendi — disse Dash.

— É a folha de presença — explicou o vovô a Dash, rindo. — Boa sorte, garoto.

— Não é nada disso — repreendeu a Sra. Basil E. — É apenas uma lista de datas comemorativas que você deve celebrar conosco se fizer parte desta família, classificadas por ordem de importância. Os asteriscos indicam feriados opcionais e as notas de rodapé indicam feriados flutuantes que você pode passar com sua própria família em um sistema de rodízio.

Dash examinou a lista e então ergueu os olhos, desconfiado.

— O Dia de Ação de Graças canadense é um feriado de nota de rodapé? — quis saber.

— Não para os canadenses — disse a Sra. Basil E.

— Meu pai ficará aliviado. Ele é canadense.

Um silêncio atônito caiu sobre a mesa do café da manhã. Por fim, quase me sentindo traída, eu disse:

— Você nunca me disse que seu pai é canadense.

— Isso importa? — perguntou Dash.

— Lógico que importa! — disse o vovô.

Mas era uma reação defensiva. Todos nós sabíamos que não importava.

O choque era que... todos nós conhecíamos o pai de Dash.

— Mas o seu pai é um...

Eu não queria dizer abertamente: *um grande rima-com-agiota*.

A Sra. Basil E. me poupou de ter que usar uma linguagem rude em voz alta. Ela retrucou:

— Nem todos os canadenses são gentis, Lily. Não seja tão ingênua. Dashiell, assumiremos a sua custódia no Dia de Ação de Graças canadense. Você pode mandar seu pai falar comigo se ele tiver alguma ressalva.

— Eu amo essa família! — disse Dash, radiante.

A Sra. Basil E. e eu assentimos uma para a outra. Sabíamos que Dash queria dizer que ele nos amava mais. Sabíamos que ele escolheria passar conosco o Dia de Ação de Graças canadense.

A felicidade de Dash inundou meu coração de alegria, mais uma vez. Ele tinha me proporcionado muita felicidade ontem.

Mas o Natal era meu departamento. Todo mundo sabia disso. Eu não podia deixar Dash me superar em gestos românticos natalinos. Eu queria gritar meu amor por ele dos telhados. E agora que eu sabia que Dash era parte canadense, eu sabia exatamente de qual telhado queria gritar.

— Como está o senhor Zamboni? — perguntei ao vovô.

Vovô é um conquistador, mas não tinha arranjado novas namoradas desde o infarto. Suas amizades, porém, seguiam fortes. Ele tem um encontro semanal permanente com os amigos em um açougue italiano, onde os caras se encontram para tomar café expresso e jogar gamão. Desde criança, sempre me referi aos amigos do vovô pelos nomes de seus estabelecimentos em vez de seus nomes próprios. O Sr. Guioza, ex-proprietário de um restaurante chinês, prefere chá a café. O Sr. Borscht, ex-proprietário de uma delicatéssen polonesa, aposta alto em suas proezas no gamão e, como resultado, perdeu muitas rodadas de moedas para seus amigos. (A Żubrówka, vodca com grama de bisão, que ele acrescenta à sua água com gás também deve contribuir para suas perdas.) O Sr. Zamboni, corretor de imóveis idoso mas ainda não aposentado, tinha adotado uma dieta sem glúten, então nada de pãezinhos ou biscoitos para ele nos jogos do grupo, mas o sujeito é doido pelos cookies de manteiga de amendoim sem glúten que eu faço regularmente para ele. O Sr. Zamboni ama tanto os cookies que há muito vem dizendo que me deve um favor, o qual eu estava pronta para cobrar.

Apesar do nome que o chamo, o Sr. Zamboni não está de fato envolvido no negócio das máquinas de fazer gelo Zamboni. Há alguns anos, porém, ele construiu um prédio residencial no extremo oeste de Manhattan com vista para o High Line e um telhado comunitário que vira uma pista de patinação no gelo no inverno. Pessoalmente, prefiro pagar alguns dólares por uma sessão de patinação no Rockefeller Center ou no Wollman Rink, mas algumas pessoas precisam gastar vários milhões em um apartamento para terem aquela emoção de patinar no gelo no Natal, eu acho. Gostam de suas festas de fim de ano frias com exclusividade e privilégio. Mas, pelo menos naquele dia, a riqueza obscena deles seria benéfica para mim.

Dei o endereço a Dash e depois pedi a ele que me encontrasse lá às sete da noite. Eu precisava ter a tarde só para mim para cuidar dos detalhes. Convites. Comida. Artistas. Pirotecnia.

Quando Dash chegou ao saguão do prédio do Sr. Zamboni naquela noite, a primeira coisa que ele perguntou foi:

— Não está com frio?

O tempo estava mesmo congelante, mas eu usava uma meia-calça grossa por baixo da minha fantasia de Rockette natalina — um vestido de veludo molhado vermelho um pouco acima dos joelhos, ajustado na cintura com uma faixa, com um decote profundo e pelinho sintético branco ao longo da bainha.

Eu disse que não e dei um beijo em Dash. Eu estava com um pouco de frio, admito, mas meu coração estava muito quentinho. Será que um dia eu deixaria de sentir aquela onda de felicidade ao vê-lo? Provavelmente nunca.

Em seguida, Dash perguntou:

— Estamos indo para o High Line?

Era um de seus lugares favoritos em Manhattan, uma linha férrea elevada e desativada no lado oeste que foi transformada em um lindo jardim e parque.

— Mais ou menos. — Peguei a mão dele e o conduzi até o elevador. Antes de apertar o botão para subir, desamarrei a faixa branca da minha cintura. — Posso vendar seus olhos? — perguntei.

Eu queria que sua primeira visão da nossa festa fosse uma surpresa.

— Essa não é uma festa sadomasoquista, é? — indagou Dash.

Ele deve ter começado a ler um daqueles livros de D. H. Lawrence. Ah, sim, eu pesquisei no Google.

— Não. Mas obrigada por me achar capaz de uma ideia tão pervertida.

Coloquei a faixa nos os olhos de Dash e amarrei na parte de trás em sua cabeça. Então passei o cartão-chave que nos daria acesso ao elevador e ao último andar do prédio.

— É, tipo, uma festa surpresa? — questionou Dash, tenso, enquanto o elevador subia. — Meu aniversário não é em dezembro.

— Não é.

— Quero dizer, as pessoas não vão pular de trás dos arbustos em um jardim no terraço e me assustar, vão? Eu sou super a favor de um bom susto. Mas não em um prédio alto.

— Relaxa.

As portas do elevador se abriram e levei Dash para a área de espera, onde bancos e mesas tinham sido montados, com uma tenda abobadada construída no alto para se assemelhar a um iglu. A música estava alta e a festa já rolava a todo vapor. Vi

Boomer e Sofia patinando juntos, de mãos dadas. Edgar Thibaud e seu casaco de losangos patinava agressivamente, como se tivesse acabado de tomar uma caixa de Red Bull. Nossos convidados de honra, nenhum dos quais eu conhecia pessoalmente, também estavam na pista. Alguns deles eram bons patinadores, mas a maioria estava se segurando no corrimão do rinque como se as vidas dependessem disso. Suas muitas sacolas de lona cheias de livros estavam alinhadas ao lado de seus sapatos e botas na área do iglu.

Eu desamarrei a faixa e disse a Dash:

— Contemplai! Uma patinação natalina no gelo. Com todas as suas pessoas favoritas!

Dash olhou para o rinque, depois de volta para mim.

— As únicas pessoas que reconheço na pista são Boomer e Sofia. E Edgar. Argh.

— Os outros são bibliotecários. Meu primo Mark tem uma lista de e-mails de bibliotecários na Strand, então ele mandou o convite para eles. Você está textualmente cercado por pessoas do livro esta noite. Textualmente. Sacou?

Dash estremeceu com a minha piada sem graça, mas se animou ao ver a barraca de lanche do outro lado do iglu.

— Aquilo é uma estação de chocolate quente? — perguntou.

— Pode apostar! Contratei o buffet da Jacques Torres Chocolate para servir chocolate quente e chocolates normais e cookies de chocolate e...

— As pessoas estarão em coma diabético quando forem embora.

— Essa é a ideia! É assim que sabemos que uma festa é boa. A Sra. Basil E. sempre diz: "Quanto pior as pessoas se sentirem no dia seguinte, melhor terá sido a festa."

Dash sorriu. Então franziu a testa.

— Deve ter custado muito dinheiro.
— Só o bufê. E o talento. O prazer é meu.

Não gosto de me gabar, mas estou cheia da grana. Não por causa dos meus pais acadêmicos pobres, mas por causa do meu negócio de passear com cachorros. Minha conta bancária tem cinco dígitos. O dinheiro deveria ser minha poupança para a faculdade. Prefiro gastá-lo no Natal.

— O talento? — questionou Dash.
— Você vai ver — disse. Entreguei a ele seu par de patins.
— Vamos calçá-los.
— Preciso fazer uma confissão. Não sei patinar muito bem.
— Mas você é parte canadense!
— Meu amor pelo Arcade Fire é tudo que eu tenho dos genes canadenses.

Calcei meus patins e ajudei Dash com os dele. Ele ficou de pé, cambaleando, e eu o segurei enquanto nos aproximávamos do rinque.

— Você não vai acreditar na vista — prometi a ele.

Peguei sua mão e o levei para a pista. Ele realmente não patinava bem. Estava muito cauteloso, nervoso, vacilante, até chegarmos à beirada e ele contemplar a vista: o skyline de Manhattan ao norte, com o Empire State Building e o Chrysler Building em destaque, e, a oeste, o rio Hudson e Nova Jersey (quem se importa?). Abaixo de nós, o High Line.

— Incrível! — exclamou Dash. — Mesmo que a altura me dê vontade de vomitar.

— Feliz Natal — desejei a ele.

Mal tivemos tempo para outro beijo e uma volta na pista antes de o talento chegar. Elas tinham entrado mais cedo do que eu planejara originalmente, porque o tempo havia mudado de muito frio para congelante e garoento, o que significava que uma chuva gelada poderia vir na sequência. Com isso, eu tinha mandado uma mensagem para as artistas pedindo que começassem imediatamente após a chegada de Dash.

Edgar Thibaud patinou até o meio da pista como um jogador profissional de hóquei. Eu o havia contratado para ser o mestre de cerimônias. Ele ergueu fogos do tipo estrelinhas de ouro em cada uma de suas mãos e anunciou:

— Senhoras, senhores, distintos bibliotecários. Por favor, juntem-se a mim para dar as boas-vindas... às Rawkettes!

As Rawkettes são uma companhia de dança de punk rock fundada pela neta dançarina do meu tio-avô Carmine. Ela resolvera pegar toda a experiência de suas audições fracassadas para se tornar uma Rockette e usá-la para transformar sua apresentação em uma atividade secundária mais compatível com seu talento. As outras dançarinas do grupo também são fãs de ficção científica, então por um tempo o grupo se chamou Spockettes e usava fantasias de Rockettes azuis no estilo dos uniformes da Frota Estelar da Federação. No entanto, com a escassez de contratações, elas recentemente mudaram seu nome para Rawkettes, tentando uma nova direção. Aquela festa de patinação era o primeiro evento em sua versão mais recente. Possivelmente a primeira contratação na história do grupo.

— Aquela é a Kerry-prima? — perguntou Dash enquanto ela ocupava o centro do palco com sua companhia.

Todas elas vestiam roupas "punk" que lembravam mais Ziggy Stardust do que Sid Vicious, com muita purpurina no rosto e terninhos de lamê dourado dos anos 1970. Eu mal podia esperar para parabenizar a Sra. Basil E. Dash era realmente muito digno de receber a Lista! Ele não só reconheceu como também lembrou de chamar a neta do tio-avô Carmine de "Kerry-prima", para distingui-la em nossa linguagem familiar de "Carrie-tia" e "Kharie-vizinha" e Cary Grant, cujo nome dispensa aspas e cujos filmes todos adoram.

— É sim! — eu disse.

Edgar deu sinal para tocarem a música, e Kerry-prima e sua trupe começaram sua interpretação dançante de uma das músicas favoritas de Dash: *Calamity Song*, dos Decemberists. Não é uma banda de que eu goste particularmente, exceto durante o mês de dezembro, mas curto como suas letras não fazem sentido. *Hetty Green / Rainha da bonomia do lado da oferta.*

Dash olhou para mim tipo, *"Não!"*, e eu olhei para ele tipo *"Pode crer que sim!"*.

Foi incrível. Todas as coisas favoritas de Dash em um só lugar. O High Line! Bibliotecários! Chocolate quente! The Decemberists!

E então a chuva congelante realmente começou a cair.

— Agora! — supliquei para Kerry-prima.

Eu queria que as Rawkettes adiantassem o *grand finale* da noite antes que a chuva fizesse isso por elas. E, assim, segurando sacos de presente do Papai Noel, as Rawkettes patinaram pelo rinque, passando por entre os bibliotecários, Dash e eu, Sofia e Boomer, e Edgar, jogando no ar a purpurina que estava dentro dos sacos vermelhos. Minha intenção era que a noite terminasse com uma explosão de brilho no gelo.

E, por um instante, estávamos de fato em um mundo mágico de cores, exatamente como na Disney. O gelo cintilava em tons de rosa, verde, roxo, dourado e prateado. Mas logo percebi: a purpurina não deveria estar cintilando. Os salpicos de purpurina deveriam ser mais iridescentes, como flocos de neve macios.

Por que de repente estava todo mundo caindo? Era por causa da chuva congelante ou da purpurina?

— Que tipo de purpurina é essa? — gritei para Kerry-prima enquanto ela ziguezagueava entre Dash e eu.

Purpurina, purpurina, purpurina. Em todos os lugares havia purpurina enquanto as Rawkettes jogavam punhados no rinque feito pó de pirlimpimpim.

— Da loja de artesanato! — respondeu ela. — Você disse para não poupar despesas, então eu não poupei!

Peguei um punhado de purpurina do gelo. Não era o tipo de purpurina de maquiagem, como o que Kerry-prima tinha no rosto. Aquela estava num patamar Martha Stewart, feito de vidro finamente moído, do tamanho e do formato de pequenas pedras. A da loja de artesanato não era pó de pirlimpimpim, mas milhares de armas minúsculas, afiadas e letais espalhadas pelo gelo. E estava derrubando todos os patinadores na pista, que levavam altos tombos no gelo.

Boomer passou voando por nós — "Weeeee!" — e depois caiu feio na purpurina. Dash se inclinou para ajudá-lo a se levantar no momento em que outro bibliotecário caiu, e a lâmina de seu patins fez um corte bem no rosto de Dash.

— Meu olho! — gritou Dash.

— Meu joelho! — berrou outra pessoa.

— Acho que quebrei o punho — disse outra voz.

Tudo aconteceu rápido demais. Em um minuto as Rawkettes estavam se apresentando enquanto os bibliotecários patinavam alegremente ao redor delas, e no minuto seguinte, havia uma situação de triagem no rinque e paramédicos tentando manobrar macas pelo gelo, passando por rastros de sangue dos muitos ferimentos causados pelas lâminas. Era Caos de Purpurina On Ice. Um massacre de bibliotecários.

Enquanto Dash era levado para a ambulância, o olho ferido coberto por uma gaze ensanguentada, as mãos machucadas e cortadas por todos os outros patinadores que haviam caído em cima dele, eu falei:

— Sinto muito, Dash! Vou ligar para o seu pai e avisar que você está a caminho do hospital.

— Não jogue purpurina na ferida, Lily — disse Dash.

Kerry-prima me entregou uma fatura.

— Você ainda me deve cem dólares.

Eu não poderia me sentir pior. Tinha sido responsável por fazer um pequeno exército de bibliotecários — as pessoas mais legais do mundo — saírem de ambulância de uma festa planejada para celebrá-los. Eu havia ferido mortalmente meu namorado.

A Lily que amava o Natal tinha acabado de arruiná-lo.

onze

–Dash–

Gaitistas tocando gaita
Segunda-feira, 22 de dezembro

Faltavam três noites para o Natal, e, por todo o hospital, nenhuma criatura se mexia... exceto meia dúzia de bibliotecários à base de analgésicos.

Por termos chegado todos juntos do Grande Massacre da Patinação com Purpurina, dividíamos um quarto da enfermaria no New York-Presbyterian. Embora eu não conhecesse nenhum dos bibliotecários, todos eles se conheciam — a patinação tinha sido um complemento à sua tradicional bebedeira de fim de ano em Nova York. Há algo um pouco perturbador, mas especialmente memorável, em testemunhar um bando de bibliotecários fora da casinha — ou melhor, da estantezinha —, e, no espaço limitado do nosso confinamento médico, eu estava conseguindo ver tudo isso de perto... ainda que apenas através de um olho.

Embora não tivesse sido um golpe direto, a lâmina havia chegado tão perto da minha córnea que acharam melhor que eu usasse um curativo para proteção enquanto o corte cicatrizava. Infelizmente, eu tinha dado uma olhada no espelho antes que eles o tapassem, e a impressão era a de que todos os vasos dentro do globo ocular haviam estourado, como se eu tivesse passado um ano inteiro acordado sem me lembrar de piscar. Se eu estivesse fazendo um teste para interpretar um demônio em uma peça de Natal, teria sido escolhido no ato. (Já com o tapa-olho, eu estava mais para um Pirata Noel.)

Eu tinha recebido uma mensagem do meu pai dizendo que ele estava "a caminho" — mas isso fora há duas horas, o que me levou a imaginar que caminho ele pegou. Enquanto isso, meus guardiões eram a Patrulha da Página Virada.

— "Papai Noel não sente o próprio rosto"! — gritou Kevin de Kalamazoo (lesão exigindo colar cervical e morfina). — Eu nunca me identifiquei tanto com essa música!

— O Papai Noel precisa redecorar este quarto! — acrescentou Jack de Providence (ombro deslocado). Não me surpreendeu que a decoração monótona do hospital ofendesse suas sensibilidades, pois ele usava um suéter do Demônio do Natal mais rebuscado que eu já tinha visto e uma calça azul neon que era quase uma legging. — E o Papai Noel também precisa de uma dose dupla de... — Ele enfiou a mão na bolsa Marc Jacobs e tirou uma garrafa térmica, uma coqueteleira e seis taças. — *Voilá!*

— A minha pode ser tripla! — berrou Chris, que havia chegado com Jack, mas era de algum lugar de Nova York. (Ele tinha apenas alguns hematomas, mas quis fazer companhia ao restante de nós.)

— Eu me contentaria com a dose dupla — disse eu.

Todos os bibliotecários viraram a cabeça para mim em um silêncio coletivo.

— Receio que você tenha que sobreviver à faculdade de biblioteconomia, aturar o público diariamente e suportar vários anos de cortes no orçamento para merecer esses drinques — disse Chris gentilmente. — Mas um dia, Dash, tudo isso será seu! Nós sabemos como identificá-los, e você é um jovem bibliotecário temporariamente caolho em estado bruto!

Todos eles brindaram a mim. E, mesmo estando ferido e prestes a encarar o meu pai, eu me sentia bastante animado. Sabia que não era desse jeito que Lily queria que eu alcançasse esse estado de espírito, mas ainda era, eu tinha certeza, o que ela queria que eu extraísse da noite.

Ergui o copo de papel com água que o enfermeiro havia deixado para mim.

— Um brinde à purpurina que nos uniu — declarei. — Nem tudo que reluz é ouro, mas às vezes purpurina pode ser bem mais divertida que ouro. E a Lily, por tentar fazer o melhor possível, mesmo que isso acabasse nos machucando consideravelmente.

— À Lily! — gritaram eles.

Jack estava preparando outra rodada quando meu pai entrou correndo no quarto.

— Aí está você! — disse o meu pai em um tom que fez parecer que eu estivesse me escondendo dele.

— Exatamente onde eu deveria estar — respondi.

Pela maneira como ele estava vestido (terno, gravata, *eau de* Bombay Sapphire), dava para concluir que eu o havia tirado de uma festa. Pelo tempo decorrido, dava para concluir que a saída não tinha sido urgente.

— Interrompi suas festividades? — indaguei.

— Sim — respondeu meu pai. — Na *Filadélfia*.

Eu tinha me enganado. E, por um instante, eu o imaginei numa viagem frenética de táxi, desesperado para encontrar o filho no hospital. Era uma imagem tocante.

— Vamos — disse meu pai, impaciente. — Leeza está esperando no carro. Pegue seus pertences.

OK, pensei. *É assim que as coisas são.*

Comecei a juntar minhas coisas e meu pai se encaminhou para a porta.

— Não tão depressa — disse Jack, colocando sua bebida em uma maca.

— Quem é você? — perguntou meu pai.

— Não importa. No próximo minuto, serei sua maldita consciência. E vou informá-lo de que, no procedimento operacional padrão quando você está buscando seu filho no hospital, a primeira, a segunda e a terceira coisas que você diz a ele são todas variações de *"Você está bem?"*.

— Está vendo aquele tapa-olho? — interveio Chris. — *Não* é uma afirmação de estilo.

Meu pai não tinha tempo nem paciência para receber ordens. Como em muitas situações com a minha mãe, sua defesa foi partir para o ataque.

— Quem você pensa que é? — questionou, ríspido.

Kevin caminhou até ele e empurrou sua bebida, de modo que espirrou um pouco na direção do meu pai.

— Somos bibliotecários, senhor. E não vamos deixar você levar esse futuro bibliotecário a menos que nos prove que cuidará bem do garoto quando ele estiver na sua casa.

Foi interessante ver meu pai enfrentar um bibliotecário com colar cervical. Porém ainda mais interessante foi ver como todos os bibliotecários no quarto obviamente achavam que meu pai estava fazendo tudo errado. Eu precisava daquele choque de realidade, porque àquela altura da minha vida eu já estava acostumado demais com tudo aquilo.

— Está tudo bem — disse a todos. — Pai, encontro você na sala de espera. Veja se consegue algumas ataduras extras com o médico, porque vou ter que trocá-las pela manhã e aqui podemos pegá-las de graça. Bibliotecários, vou precisar do e-mail de todos vocês, por que quero convidá-los para uma festa, se ainda estiverem na cidade.

Todos fizeram como eu pedi. Enquanto os bibliotecários escreviam seus e-mails na última página do meu diário, chegou uma mensagem de Lily:

```
Como você está?, perguntou ela. (Nós já havíamos
tido uma longa troca de "me desculpe" e "você não tem
por que se desculpar".)
```

```
Prestes a ser liberado, respondi. Quer fazer
algo amanhã que não envolva percepção de
profundidade?
```

```
Você manda, respondeu ela.
```

```
Deixe comigo, prometi.
```

Mas primeiro eu teria que sobreviver a uma noite com meu pai.

As primeiras palavras de Leeza quando entrei no carro foram:
— Ah, não, coitadinho!
Intenção boa, escolha de palavras infeliz.
Durante todo o trajeto para casa, ela se mostrou preocupada com o meu olho, e, quando chegamos ao apartamento, senti que meu pai estava mais irritado com ela do que comigo. O que era um grande feito.

De muitas maneiras, Leeza não era o que eu esperava de uma madrasta. Primeiro, porque eu estava esperando alguém com idade mais próxima à minha. Mas Leeza era na verdade um ano mais velha que a minha mãe — algo que aborreceu imensamente a minha mãe, porque uma coisa era ser trocada por um modelo mais novo e outra muito diferente por alguém com tanta quilometragem quanto você. (Minha mãe não deveria ter me falado isso, mas, em uma noite particularmente sombria antes de eu ter padrasto, quando eu tinha 10 anos, ela falou.)

No mesmo sentido, fiquei aliviado que Leeza e meu pai não quisessem ter outro filho — meu pai comunicou esse fato em muitos jantares durante a minha infância. Isso significava que meu status estava a salvo. Mas, ao mesmo tempo, também confirmou que talvez eu não tivesse sido totalmente desejado para começo de conversa. Porque, se meu pai tivesse vivenciado momentos tão bons comigo, não iria querer vivenciá-los novamente? (Eu sabia que era mais complicado do que isso, mas, emocionalmente, era assim que eu me sentia às vezes.)

Meu quarto no apartamento do meu pai era talvez um quarto de quarto e três quartos de depósito para equipamentos de ioga e bugigangas. Em geral, Leeza arrumava as coisas para chegar à proporção de pelo menos meio a meio antes de eu chegar, mas desta vez ela não tinha tido a oportunidade.

— Me desculpe — disse ela, afastando a bola de pilates de onde ficaria o meu travesseiro. — Se quiser, posso arranjar lençóis mais limpos. Eu os troquei depois que você esteve aqui da última vez... mas sei que foi meses atrás.

Felizmente, não havia qualquer censura em sua menção àquele fato. Pelo menos não até meu pai se aproximar e aproveitar a deixa.

— É, não escapou à minha atenção que sua presença tem sido rara aqui, Dashiell — disse ele da porta. — Foi assim o ano todo, né? Mais ou menos desde que conheceu Lily, se não me engano. Sei como são os hormônios adolescentes, mas família é família, e já é hora de você perceber isso.

— Ora, querido — disse Leeza, colocando alguns tapetes de ioga no armário. — Nós adoramos a Lily.

— Adoramos o que vimos de Lily — retrucou meu pai. — Mas, preciso falar... primeiro, há um ano, ela o colocou na cadeia. E agora ela o fez parar no hospital. Isso faz a gente questionar se Lily é o tipo certo de garota com quem passar tanto tempo.

— Está brincando comigo? — falei.

— Não estou brincando nem um pouco.

Eu o encarei com meu único olho bom.

— Você não conhece Lily e nem me conhece, portanto, suas observações, embora feitas com convicção, são só um monte de merda para mim, pai.

Meu pai ficou vermelho.

— Escute aqui, Dashiell...

— Não — interrompi, balançando a cabeça. — Pare. Você não vai fazer isso. Você não pode fazer nenhum julgamento aqui.

— Eu sou seu pai!

— Estou muito ciente disso! E já é ruim o suficiente você me tratar como um idiota. Mas não se atreva a caluniar Lily. Ela e a mamãe precisam equilibrar a gangorra com você do outro lado.

Meu pai riu.

— Ah, eu sabia que sua mãe tinha influência nisso. Todas essas coisas que ela falou para você...

— Não, *pai*. Essas são as coisas que eu falei para mim mesmo. Muitas e muitas vezes. Porque... surpresa!... eu sou realmente capaz de chegar às minhas próprias conclusões.

— Rapazes — interrompeu Leeza. — Sei que foi um dia muito longo para todos nós. E Dash precisa descansar depois de tudo pelo que passou. Então, por que não damos a noite por encerrada?

— Me desculpe — continuei —, mas preciso saber se ele de fato me quer aqui. Caso contrário, posso simplesmente ir para casa.

— Não, Dash — disse Leeza, com firmeza. — Você *não* vai ficar sozinho esta noite. Mais cedo ou mais tarde, o efeito dos remédios que te deram no hospital vai passar e você vai descobrir que não é nada confortável dormir com um curativo no olho. Precisa de alguém que cuide de você.

Eu não disse a ela, mas, naquele momento, ela soava exatamente como minha mãe, de uma forma que minha mãe aprovaria.

— Escute a Leeza — disse o meu pai.

— Não tem aula amanhã, certo? — continuou ela. — Convide Lily para o café da manhã. Vou preparar panquecas de biscoito de gengibre.

— Você vai *comprar* panquecas de biscoito de gengibre — zombou meu pai.

— Não — corrigiu Leeza —, vou *preparar*. Vai ser bom ter pessoas por perto que as *mereçam*.

— Meu Deus, sei quando não me querem num lugar — bufou meu pai. — Vejo você pela manhã, Dashiell.

— Ele te ama — disse Leeza assim que ele saiu.

— Não é você que deveria me dizer isso — retruquei.

— Eu sei.

Enquanto ela pegava lençóis limpos, mandei uma mensagem para Lily com o convite para o café da manhã. Era tarde, então eu não esperava que ela estivesse acordada. Mas ela respondeu imediatamente, animada.

— Lily topou as panquecas de biscoito de gengibre — informei Leeza quando ela voltou.

Então tirei os lençóis dos braços dela. Eu podia arrumar minha própria cama.

— Maravilha! — disse ela com alegria. — Tem mais alguma coisa que eu possa fazer por você antes de ir para cama?

Pode me dizer por que você está casada com meu pai, eu não disse. *Pode me dizer que, quando eu cometer erros, eles serão erros meus, não erros dele.*

— Estou bem — falei.

Mesmo assim, ela deixou um copo de água na mesa de cabeceira e alguns comprimidos de Tylenol. Depois, que ela me deu um beijo de boa-noite na bochecha, afastou-se e me observou mais uma vez.

— Na verdade, o visual até que lhe caiu bem. Mais caçador de recompensas do que pirata, eu diria. Aproveite enquanto pode.

Tirei meu pijama de uma gaveta.

— E, Dash? — disse Leeza da porta. Eu olhei para ela. — Você está certo sobre Lily. Ela não é de se jogar fora.

Mas por que, eu me perguntava enquanto iniciava o longuíssimo e atormentado percurso para cair no sono, Leeza não *me* jogava fora, se a paternidade era um destino inevitável?

Terça-feira, 23 de dezembro

Eu não tinha contado a Lily sobre as panquecas de gengibre; e ela chegou com muffins de gengibre fresquinhos. Estava prestes a explicar essa coincidência para ela, mas fui interrompido pelo seu grito:

— O SEU ROSTO!

— O que tem o meu rosto? — perguntei. — Você não consegue ver debaixo de todos esses curativos, né? Meu objetivo é assombrar uma casa de ópera quando tiver 23 anos.

— Não tem graça!

— Na verdade, tem sim. E acho que, neste caso, podemos concordar que sou eu quem determina o senso de humor da situação, certo?

Eu me inclinei para beijá-la. Por causa da cegueira parcial, errei um pouco a mira. Mas Lily foi gentil e corrigiu meu erro de cálculo de uma maneira bastante satisfatória.

— Posso começar a imitar Adam Driver — avisei a ela. — Usar uma máscara apenas por diversão. Quero dizer, para provar que sou durão e malvado. Essa é uma referência a *Star Wars*, a propósito, não uma referência a *Girls*.

— Eu tinha entendido — disse Lily.

E eu pensei: *Voilá! Agora você não está mais pensando no meu machucado!*

Antes que ela pudesse começar a me afogar no mar de desculpas, eu a levei para a cozinha, onde Leeza se dedicava à chapa e meu pai se dedicava ao *Wall Street Journal*.

— Mentes brilhantes pensam igual! — exclamou Leeza ao ver os muffins.

— É como se toda maldita coisa esses dias fosse feita de biscoito de gengibre natalino — acrescentou meu pai. — Não me entenda mal, ainda bem que não é *abóbora*, pelo amor de Deus. Mas, ainda sim, biscoito de gengibre dificilmente é um pensamento original. Se me perguntarem, eu digo que a culpa é da Starbucks.

— Ninguém está te perguntando, querido — disse Leeza com leveza, pegando os muffins e colocando-os em uma bandeja.

Em poucos minutos, as panquecas estavam prontas. Leeza até as tinha feito no formato de pessoas de biscoito de gengibre.

(Parecia estranho para mim dar gênero a biscoitos.) O que se seguiu foi algo com o qual Lily não estava nada familiarizada: silêncio em família. De vez em quando um de nós — inclusive o meu pai — elogiava as panquecas. Mas fora isso... nada. Lily continuava olhando para os meus curativos, horrorizada. Meu pai seguia lendo o jornal. Leeza sorria vagamente, como se houvesse elfos invisíveis contando fofocas para ela.

Imaginei que todas as refeições com Leeza e meu pai fossem assim. Nos tempos do meu pai com minha mãe, o silêncio significava uma trégua. Ali, era um vazio padrão.

Por favor, que a gente não fique assim, quis dizer a Lily.

E talvez ela tenha captado isso, porque, quando a olhei, ela revirou os olhos.

Tentei revirar os olhos, esquecendo por um segundo que era uma má ideia. O resultado foi uma sensação nada suave de ter um picador de gelo na minha retina.

Devo ter gemido, porque Lily e Leeza imediatamente perguntaram se eu estava bem. Papai apenas pareceu irritado.

— Estou bem — assegurei a eles. — Mas acabei de lembrar que preciso trocar o curativo.

— Eu ajudo você — disseram Lily e Leeza ao mesmo tempo.

Eu posso fazer isso, pensei.

Depois, repensei: *Mas, na verdade, prefiro fazer com Lily.*

— Obrigado, Leeza — disse. — Mas acho que não preciso de tantas mãos para me ajudar. Vou deixar Lily assumir desta vez.

Fomos para o meu quarto, onde peguei a gaze e o esparadrapo na minha mochila. Então nos dirigimos ao banheiro, porque, ainda que eu não quisesse ver aquilo, sabia que deveríamos ter um espelho ao nosso alcance. Tirei o tapa-olho e comecei a retirar o curativo que o médico havia colocado. Mas Lily me deteve e disse:

— Sente-se aqui. Deixe comigo.

Fechei os olhos. Eu a senti puxar o esparadrapo da minha pele com o maior cuidado possível. Senti a gaze em meu olho afrouxar, afrouxar e finalmente sair. Lily arquejou um pouco diante do que viu — os pontos, o hematoma —, mas em vez de dizer qualquer coisa, ela continuou trabalhando. Estávamos em silêncio agora, sim, mas era um silêncio de concentração, de foco. Não apenas da parte dela, enquanto ela refazia o curativo devagar. Eu sentia seus dedos quando eles tocaram a lateral da minha cabeça. Eu a ouvia respirar. Eu estava sintonizado com a cadência mais básica do momento. A gaze foi posicionada no lugar, afixada no lugar. O tapa-olho foi por cima, protegendo a proteção. Um tapinha nas minhas costas — *Pronto, tudo certo*.

Eu abri meu olho.

— Espero ter feito direito — disse Lily.

— Se fosse eu, provavelmente teria tapado o olho errado.

— Tinha um pouco de... purpurina. Tipo, incrustada na lateral do seu rosto. Eu não sabia se tirava ou deixava. Acho que o médico vai limpar da próxima vez.

— Isso só melhora a minha reputação nas ruas — assegurei a ela. — Os compositores de baladas já estão criando lendas sobre o garoto conhecido como Pirata da Purpurina e sua habilidade com as lâminas.

— Me des...

— Não diga isso! Não foi mais culpa sua do que de Andrew Carnegie por financiar tantas bibliotecas, o que resultou um século depois em tantos bibliotecários em patins de gelo que não estavam preparados para explosões de purpurina. Aliás, eu me diverti muito até... você sabe... a hospitalização. As Rawkettes tiraram meu pé do chão, o que não foi pouca coisa, considerando como eu estava com medo de me mexer no gelo.

Naquele momento, Leeza gritou:

— Tudo bem por aí?

Pensando nos comentários do meu pai sobre a má influência de Lily, tive vontade de gritar algo sobre champanhe e um banho de esponja. Mas não tinha certeza se haveria uma maneira de explicar a piada para Lily sem magoar seus sentimentos. Então, em vez disso, berrei:

— Tudo bem! — E então murmurei para Lily: — Precisamos sair depressa deste apartamento, o mais humanamente possível. Na verdade, esqueça as limitações humanas. Vamos fazer como guepardos. Ou gazelas.

— Tem certeza? — perguntou Lily, me olhando no olho.

— Por que eu não teria certeza?

— Sei lá. Fizeram panquecas para você.

— *Ela* fez panquecas. Principalmente porque ela se sente mal por ele ser um idiota.

Em certas circunstâncias, essa seria a ocasião para dizer: "Ah, ele não é tão ruim assim." Mas meu pai não fazia por merecer essas circunstâncias.

— A cidade nos espera! — declarei para Lily.

— Então vamos — disse ela, colocando todos os suprimentos de volta na minha mochila. — Não devemos deixá-la esperando.

Agradecemos a Leeza uma dezena de vezes cada um pelas panquecas, e ela nos perguntou uma dezena de vezes se tínhamos certeza de que não queríamos mais.

— Já está indo? — disse o meu pai no minuto em que terminou o jornal.

— Restam apenas dois dias de compras! — cantarolei, o que soou insano até para mim.

— Bem, e qual é a resposta sobre o Natal? Vai passar conosco ou não?

Somente a presença de Leeza e Lily me impediu de dizer "Não" e depois ir embora.

— Receio já ter outros planos — disse em vez disso.

— Que *planos*? — indagou meu pai, desconfiado.

Eu não queria contar a ele sobre a festa da Sra. Basil E. Isso porque ela havia me convidado de uma forma que eu sabia que meu pai nunca convidaria Lily. Não parecia justo colocá-los no mesmo patamar.

— Tenho planos com a Lily — respondi.

— Que ótimo! — disse Leeza.

Meu pai me dirigiu um olhar que dizia: *Lily não é família.*

Tentei devolver um olhar que dizia: *Ela é mais família para mim do que você.*

Dei um beijo na bochecha de Leeza. Ela pareceu surpresa — aquele não era o nosso ritual de despedida.

— Passarei aqui depois do Natal — falei para ela. — Prometo.

— Estaremos aqui! — respondeu ela.

Meu pai não se levantou da cadeira.

— Tchau, pai — disse.

— Tchau! — ecoou Lily.

Fiquei muito aliviado quando saímos de lá.

— Então — disse Lily quando chegamos à rua —, o que iremos fazer? Tenho que passear com cachorros às três. Mas, antes disso, sou toda sua.

— Bem — respondi, vendo as horas no relógio —, é um pouco cedo para um sorvete Salty Pimp.

— Concordo. Talvez mais tarde. Você precisa de mais cafeína?

Balancei a cabeça.

— Acho que vai afetar a minha cabeça.
— Então...
— Então...

Um fato curioso sobre Nova York: há muitas coisas para fazer em todas as horas do dia, mas ainda existem momentos em que você não tem ideia de qual delas fazer e se sente muito tonto porque sabe que tem que haver *algo* lá fora para você fazer; sua mente é que ainda não o descobriu.

— Não planejei nada — disse Lily, desculpando-se. — Depois da noite passada, pensei que seria melhor me conter.

— Também não planejei nada. Mas não devemos deixar que isso nos leve ao desespero não planejado.

— Podemos ajudar Langston e Benny a fazer a mudança.

— Isso pode exigir muito da minha vista.

— Ah. Desculpe.

— Talvez devêssemos tomar um Salty Pimp mais cedo.

— Não sei se já abriu.

A cidade inteira. Nós tínhamos a cidade inteira! E ainda assim...

— Ouviu isso? — perguntou Lily.

No começo eu não entendi o que ela queria dizer. Então me concentrei não nos meus pensamentos, mas no que estava acontecendo fora dos meus pensamentos; e então ouvi.

— Isso é uma gaita de foles? — indaguei.

— Acho que é uma gaita de foles — disse Lily.

Então, como que para confirmar nossa teoria, um gaitista dobrou a esquina. Então outro. E outro. E mais onze. Um pelotão de gaitistas tocando *River*, de Joni Mitchell. Atrás deles havia um cortejo de pedestres — não marchando em formação, mas atraídos para segui-los, para ver no que aquilo ia dar.

Às vezes você faz planos. Às vezes os planos se fazem sozinhos.

Em especial na cidade de Nova York.

— Vamos? — disse, oferecendo a minha mão.

Eu estava fazendo isso para ser romântico, e também porque estava preocupado que minha insuficiência visual dificultasse minha marcha em meio à multidão crescente.

— Vamos — respondeu ela, pegando minha mão para ser romântica, e também porque estava preocupada que minha deficiência visual dificultasse minha marcha em meio à multidão crescente.

De mãos dadas, descemos a Segunda Avenida. Logo ficou muito nítido pelas conversas das pessoas ao nosso redor que ninguém sabia quem eram os gaitistas nem para onde estavam indo. Havia muitas teorias, no entanto.

— Acho que é o grupo de gaitistas dos bombeiros — disse um senhor mais velho.

— Não sei se os bombeiros tocam Joni Mitchell — respondeu seu companheiro. — Ela é canadense, você sabe.

Enquanto isso, os hipsters bem na nossa frente estavam um pouco agitados.

— Você acha que é a banda Where's Fluffy? — perguntou um magricela de cardigã.

— Where's Fluffy não iria tocar à luz do dia — respondeu um cara desgrenhado usando um casaco de lã curto.

— Por isso mesmo que seria coisa da Where's Fluffy! Para enganar a gente tocando à luz do dia! — rebateu o magrinho.

Eu não sabia o que aquilo significava. O que eu sabia era que a gaita de foles tinha começado a tocar *Fairytale of New York*, simplesmente a melhor música de Natal que já foi escrita.

— Para onde acha que estamos indo? — perguntou Lily.

Eu sabia que a intenção não tinha sido propor uma questão existencial. Mas foi assim que minha mente escolheu encarar. Talvez porque eu ainda estivesse tentando me libertar do meu pai e do clima de mau presságio em que ele tinha me colocado. Talvez porque eu ainda estivesse me perguntando se Lily e eu tínhamos alcançado um território seguro novamente. Ou talvez apenas porque estávamos seguindo sem destino onze gaitistas e, embora nenhum deles fosse um flautista, era preciso ter cautela sempre que músicos aleatórios estivessem envolvidos na história.

Mais e mais pessoas se juntaram a nós enquanto cruzávamos Midtown. Por um momento assustador, pensei que iríamos para a Times Square, que teria se transformado em uma armadilha para turistas naquele período do mês. Mas, em vez disso, contornamos a praça, um amontoado de curiosos seguindo uma única melodia.

Quando chegamos ao Tompkins Square Park, devia haver pelo menos duzentos de nós. Houve uma pausa na música enquanto os gaitistas se reuniam no círculo central do parque. Os hispters espiaram ao redor, esperando que uma outra banda fosse aparecer. Mas os tocadores de gaita de foles eram o único espetáculo — e agora eles estavam prontos para outra canção.

Mesmo que ainda não fosse nem meio-dia, eles começaram a executar os acordes de abertura de *Noite feliz*. Mesmo que ainda não fosse noite, todos nós ficamos em silêncio, algo naquela melodia ecoando bem no fundo da gente. Uma música tão serena e tão triste. Mesmo que fosse só instrumental, estávamos todos cantando a letra na cabeça.

Eis que, no ar, vêm cantar aos pastores os anjos dos céus.

Eu não acreditava em cânticos natalinos, mas poderia acreditar um pouco mais se, como naquele instante, nos levassem um pouco mais perto do encantamento, um pouco mais perto da gratidão. Mesmo os anos difíceis têm algum motivo para serem comemorados, e eu estava sentindo isso, e esperava que Lily estivesse sentindo também.

A música seguinte não foi uma canção de Natal, mas *Into the Mystic*, do Van Morrison. Algumas pessoas na plateia começaram a cantar. Dava para ver que Lily não conhecia a música, então comecei a fazer uma serenata para ela com minha própria interpretação desafinada, dizendo a ela que nascemos antes do vento, mais jovens que o sol. Dizendo a ela que, quando o aviso de neblina soar, eu estaria voltando para casa. Dizendo a ela que eu queria agitar sua alma cigana.

Ela sorriu diante daqueles versos, deixando um pouco de sua alma cigana resplandecer.

No último verso, ela estava cantando junto. Depois mais ainda quando eles fizeram a transição para uma versão empolgante de *A Change Is Gonna Come*, de Sam Cooke. Estávamos todos entoando juntos agora, acompanhados por mais e mais pessoas que vinham ao parque e encontravam aquele estranho coro atraído por gaitistas. Aquilo me comovia mais do que qualquer liquidação com setenta por cento de desconto, mais do que qualquer produção de Hollywood, mais do que qualquer cheque que meu pai pudesse passar ou qualquer comercial exibido na TV.

Coloquei meu braço em volta do ombro de Lily e ela me abraçou pela cintura, e ficamos assim — dois corpos, uma entidade — pelo resto da música. Então movemos nossos braços para podermos aplaudir com o resto da multidão. Os onze tocadores de gaita de foles fizeram uma reverência para nós, depois um para o outro, e então desapareceram no meio do dia.

— Estou tão feliz por nós — disse Lily.

— É, estou muito feliz por nós também.

— Acho que está na hora de um Salty Pimp, né? — sugeriu Lily.

Acenei com a cabeça com entusiasmo, e fomos ao Big Gay Ice Cream para um Salty Pimp (sorvete de baunilha, doce de leite, sal marinho e cobertura de chocolate) e um American Globs (sorvete de baunilha, pretzels, sal marinho e cobertura de chocolate). Depois fomos até a Mercer Street para tomar um café na Think Coffee, onde fomos atendidos por um estupendo barista de cabelo rosa que não titubeou quando pedi um *latte* gelado de soja com baunilha no final de dezembro. Deu tempo de parar na Eighth Street para comprar um abajur em forma de Beyoncé para Langston e Benny como presente de Natal/chá de panela.

(— Por que um abajur? — perguntei a Lily.

— Nova Jersey não recebe tanta luz — respondeu ela, ainda um pouco amarga, mas não tão amarga a ponto de optar por uma luminária da Mariah Carey.)

Quando terminamos as compras, meu olho estava começando a doer, e Lily tinha que passear com alguns cachorros. Nós nos separamos, mas por pouco tempo. Fui para o meu apartamento e descansei, e então à noite Lily chegou trazendo pizza e filmes natalinos para assistirmos. Ela ficou chocada que eu nunca tivesse visto *Simplesmente amor*, e eu fiquei chocado por não achar tão ruim quanto eu esperava. E podemos não ter concordado se *O estranho mundo de Jack* era um filme de Natal ou um filme de Halloween, mas gostamos mesmo assim.

No final do filme, permanecemos quietos por alguns minutos, deixando a tela da TV ficar silenciosa e azul após os créditos finais.

— Eu gosto assim — disse eu. — Quando podemos simplesmente ser nós mesmos. Com ou sem um tapa-olho.

Lily beijou meus lábios, beijou meu tapa-olho, beijou a pálpebra que ela podia alcançar.

— Tenho que embrulhar alguns presentes — disse ela.

Então enfiou a mão na bolsa e tirou o Moleskine vermelho.
— Instruções para amanhã — informou.
Prometi a ela que não abriria até a manhã seguinte.
No minuto em que ela saiu do apartamento, senti falta de tê-la ali. Mas, como acontece com todos os amores, acredito eu, o consolo estava no fato de que ela iria voltar.

doze

(Lily)

Canalhas batendo carteiras
Quarta-feira, 24 de dezembro

Eu não queria deixar meu namorado extraditado na Strand no dia de compras mais frenético do ano. Não era minha intenção largá-lo sozinho em cada parada que eu tinha planejado para o tour de aventura do Moleskine daquele ano.

Na noite do Grande Massacre da Patinação com Purpurina, depois de toda a comoção, eu me atrasei no passeio com meu plantel de cães cujos donos estavam fora da cidade. Eu não tinha seguido Dash até o pronto-socorro porque sabia que ele estava nas mãos seguras (e ensanguentadas — DESCULPE!) dos muitos bibliotecários feridos. Se aquelas pessoas conseguiam lidar com livros tão bem, eu sabia que elas conseguiriam lidar com Dash, apesar da minha angústia por não acompanhá-lo ao hospital.

— Pode ir — disse Dash quando afirmei que poderia cuidar dos meus cachorros mais tarde, depois que ele fosse suturado e tratado. — Vou ficar aliviado por não me preocupar com você se preocupando com seus cães que precisam se aliviar.

Só fui terminar minhas obrigações de passeadora de cachorros tarde da noite, e estava exausta quando cheguei em casa. Não iria conseguir dormir até que bolasse algo para consertar a situação. Sentindo-me culpada — e traída em meu grande plano original para celebrar Dash —, fiquei acordada, criando um plano divertido de compensação para a véspera de Natal. Organizei o dia e escrevi as instruções no Moleskine vermelho.

Em vez de me afogar ainda mais em desculpas por ter mutilado o lindo rosto de Dash, pensei que poderíamos comemorar. Eu ia dar a ele o melhor dia de pirata de sua vida. Eu estava errada.

Desculpe.

10h00

Ho ho ho
Para Park Slope eu vou
Na loja Superhero vamos nos encontrar
Um navio de guerra iremos afundar.

Nossa primeira parada seria na loja Superhero Supply Co., com sua porta secreta nos fundos que levava a uma sala onde aconteciam os perigos das aulas particulares de escrita. Por mais que eu adorasse a nova foto da tela de bloqueio do meu celular com Dash de Papai Noel, eu mal podia esperar para trocá-la por uma foto de Dash como um pirata completo, com um tapa-olho de pirata legítimo, um chapéu de três pontas, uma camisa branca com babados e o sobretudo de capitão do mar que podíamos comprar na loja Superhero. Enquanto estivéssemos lá, poderíamos perguntar sobre como se inscrever para ser voluntário na sala secreta dos fundos, o que seria uma celebração muito melhor do que um massacre de purpurina. E uma boa experiência para o meu potencial futuro bibliotecário.

O Moleskine orientava Dash a me encontrar na loja Superhero às 11h30 na véspera de Natal. Antes de partir para nossa aventura, eu precisava cuidar de Boris. Meu cachorro e eu tínhamos passado a noite anterior na casa da Sra. Basil E. para visitar o vovô, e eu estava prestes a levar Boris para uma rápida caminhada matinal pelo Gramercy Park. Ele poderia resolver seus assuntos e eu poderia pensar em todos os presentes que iria desembrulhar no dia seguinte e todos os beijos que roubaria do meu namorado pirata ainda naquele dia.

Eu estava saindo da casa da Sra. Basil E.com Boris na coleira para nossa voltinha quando ouvi um grupo de coristas cantando do lado de fora da entrada do Gramercy Park. Em um estilo que imitava hip-hop, uns sujeitos brancos de meia-idade estavam cantando e fazendo beatbox ao som de *The Little Drummer Boy*. Uma multidão enorme havia se reunido ao redor deles, aplaudindo e dançando ao som da batida. Reconheci os artistas e rezei para que o vovô, ainda tomando café da manhã nos fundos da casa, não conseguisse ouvi-los.

Vovô não odiava a música. Ele odiava o grupo.

Eles tinham sido uma praga para o East Village e o Lower East Side no ano anterior. Chamavam-se Canarsie Crèche Crew, e eram um quarteto de barbearia formado por golpistas de Wall Street que haviam se conhecido na prisão e, depois de soltos, se mudaram para South Brooklyn a fim de retomar suas vidas na bandidagem. Agora, em vez de enganar os investidores, eles se apresentam para turistas enquanto o membro não cantor do grupo rouba carteiras, celulares, sacolas de compras e outros objetos de valor.

Eu não fechei a porta da frente da casa da Sra. Basil E. rápido o suficiente. "NÃO!", ouvi o vovô gritar atrás de mim no corredor. Ele correu para fora com toda a velocidade que um octogenário com uma bengala e um problema cardíaco poderia alcançar. Do alto da varanda, balançou a bengala na direção dos coristas e berrou:

— Canalhas! Vocês são uns canalhas! Polícia! Polícia!

A aparição do vovô na varanda foi muito repentina, fazendo com que o preocupado Boris corresse em direção à rua, sua coleira ainda presa à minha mão, me puxando escada abaixo com ele.

— Lily! — gritou o vovô quando caí no chão.

Eu estava perfeitamente bem, talvez ficasse com um pequeno hematoma ou dois, mas vovô tentou descer os degraus para me ajudar.

Ele caiu. Feio.

A Sra. Basil E. ligou para a emergência. Eu liguei para Dash.

11h30

Minha ligação para Dash caiu direto na caixa postal. Ele tinha ficado preso no Brooklyn no trem F (também conhecido pelos moradores como o trem "Ferrou!" — na verdade, era a outra palavra com F — por estar sempre atrasado). Quando ele finalmente chegou à superfície e me mandou uma mensagem, eu disse a ele que me encontrasse no próximo destino do Moleskine para que eu pudesse ficar com o vovô até ele receber alta do hospital.

Eu estava com muito medo de lidar com a realidade. Eu me recusava a enxergá-la.

Depois que o vovô foi atendido pelo médico do pronto-socorro, enviei uma atualização para Dash:

O vovô só precisa ser enfaixado. Ele vai ficar bem. Te encontro na próxima parada! SINTO MUITO!

Dash, o Pirata, respondeu: Aaargh! Papai Noel sente o próprio rosto? Quero dizer, o vovô?

Eu ri. O sorriso fez minha mandíbula tensa relaxar.

Alguns hematomas nas bochechas e um galo na cabeça, digitei de volta. Mas ele já está pedindo para almoçar, então isso significa que está bem. E com certeza está sentindo o próprio estômago!

Dash respondeu: Leve o tempo que precisar. Estou tendo uma manhã deliciosa assustando todos os compradores mirins precoces de Park Slope com meu olho.

Você está mostrando a eles seu tapa-olho?

Não, estou tirando para eles. Pausa. E agora pediram que eu saísse da loja. Vejo você em breve!

15h00

Em um barco Clipper City vamos navegar
No bar Pirate's Booty vamos detonar
A ilha de Manhattan vamos circundar
E EU TE AMO em voz alta eu vou gritar
Olá, marujo!

Perdi totalmente a noção do tempo. E o sinal do meu celular estava irregular. Por que o serviço de celular é tão ruim justo nos lugares em que você mais precisa, como hospitais, metrô e cinema?

Muitos médicos entraram e saíram.

Meus pais chegaram.

Os tios-avós Sal e Carmine chegaram.

Benny e Langston e o primo Mark chegaram.

Parecia uma festa no quarto de hospital do vovô. Meus parentes estavam de fato embrulhando os presentes em suas sacolas de compras para passar o tempo. Ou para não perder mais tempo, já que o Natal era no dia seguinte.

Os médicos quiseram manter o vovô sob observação por algumas horas.

Ninguém disse por quê.

Eu tinha grampeado nossos bilhetes na página do Moleskine com as instruções para o destino pirata número dois.

Esqueci de encontrar Dash lá.

```
Tudo bem!, Dash me escreveu. Não há nada me-
lhor para uma córnea ferida do que ser
açoitada pelo vento através do rio Hudson.

Desculpe.
```

Não precisa se desculpar. Acabam de me oferecer um emprego como vendedor de bebidas no bar Pirate's Booty.

Porque você está usando um tapa-olho?

Não. Porque sou a única pessoa sóbria aqui.

18h00

Pelas barbas do pirata!
De volta à Strand nós estaremos
Alguns livros encontraremos
Sobre marujos e vigaristas leremos
Trancados no porão, contemplaremos...

Eu também não consegui chegar lá.

Digitei: Desculpe! De novo!

Não precisa se desculpar. Estar preso na Strand durante o caos das compras de última hora é, na verdade, estar no lugar mais relaxante do mundo para mim. Você realmente me ama!

Você está interrogando as pessoas que tentam vender seus livros de volta, não está?

Não, estou largado em uma cadeira na seção Queer, prestes a tirar uma soneca. TÃO FELIZ! Então não peça desculpas. Como está o vovô?

O cardiologista deu a notícia enquanto o vovô dormia:
— Eu recomendo que ele se mude para um centro de residência assistida.

Uma maneira educada de dizer as palavras mais temidas do vovô: *casa de repouso*.

A Sra. Basil E. disse:
— Bobagem. Ele pode morar comigo. Posso fornecer a assistência de que ele precisa.
— Sua casa tem escadas? — perguntou o Dr. Cara de Idiota.
— É uma casa geminada de cinco andares. Óbvio que tem.

O Dr. Cara de Idiota continuou:
— Ele corre grande risco se cair de novo. A senhora está disposta a instalar um elevador para cadeirante? As construções antigas de Manhattan não suportam bem essa alteração.
— Posso converter os cômodos do térreo para ele.
— A senhora está preparada para prestar cuidados de enfermagem em domicílio? A medicação anticoagulante precisa ser rigorosamente monitorada. Ele pode se machucar com facilidade, como se vê em seu rosto, e corre o risco de sofrer miniderrames. As escadas são o maior perigo para sua condição. Quanto mais cinco andares de escadas.

O rosto de mamãe estava triste, porém resignado.
— Nós sabíamos que esse dia chegaria — disse ela. — Enfrentamos isso agora ou adiamos de novo? Apenas para precisar fazer a mesma escolha daqui a alguns meses ou um ano, correndo o risco de que sua condição tenha se deteriorado mais nesse meio-tempo?

No fundo, eu entendia que era a melhor opção para o vovô. Mas sabia o quanto ele odiaria, o quanto resistiria, e meu coração se encolheu de dor por ele. A recomendação do médico visava prolongar e melhorar a qualidade de vida do vovô. Para o vovô, seria uma sentença de morte.

Eu esperava que a Sra. Basil E. discutisse com a minha mãe, mas, em vez disso, ela suspirou e disse:

— Você está certa.

O tio-avô Carmine perguntou:

— Devemos cancelar a festa de Natal deste ano?

Uma tradição familiar de cinquenta anos. Sacrilégio! Cancelá-la seria um sinal óbvio do fim do mundo.

— Não — respondeu a Sra. Basil E. — A festa será mantida. Agora, mais do que nunca, precisamos celebrar.

Foi quando eu perdi a cabeça.

19h00

Eles não a chamavam assim, mas fui basicamente colocada em uma sala de chilique. Era uma área de descanso discreta, com paredes acolchoadas brancas, poltronas macias e nenhum outro objeto duro, para onde os entes queridos dos pacientes eram levados para que pudessem ficar na merda. Sim, eu disse isso. MERDA.

Aquela situação era uma merda.

O Natal era uma merda.

Tudo era uma merda.

A Sra. Basil E. me acompanhou. Ela sempre foi a única pessoa além do vovô que conseguia me acalmar, mesmo que ela tenha sido a culpada pelo meu colapso nervoso para começo de conversa, sugerindo que *celebrássemos* durante aquele período sombrio.

Eu gritei. Eu berrei. Eu implorei:

— Por favor, não obrigue o vovô a ir para o asilo! Você sabe que ele sempre diz que a única maneira de deixar a família é em um caixão.

A Sra. Basil E. não disse nada.

— Fale alguma coisa! — exigi.

Ela não falou nada.

— Por favor — pedi baixinho.

— Isso me magoa tanto quanto vai magoá-lo — declarou ela finalmente. — Mas a família se reuniu e todos estão de acordo. A hora chegou.

— O vovô não vai concordar.

— Você não conhece o vovô tão bem quanto pensa. Ele pode ser genioso, mas também quer o melhor para a família. Não deseja ser um fardo.

— Ele não é um fardo! Como pode dizer uma coisa dessa?

— Concordo. Ele *não* é um fardo. É um *privilégio* caminhar por esta vida tendo ele como meu irmão mais velho. Mas, à medida que sua condição continua a piorar, ele se sentirá um fardo. Já está pesando muito em seu coração, e por isso ele tinha preferido se mudar para minha casa, para começar. Ele sabia que este dia estava se aproximando, por mais que não quisesse.

Eu me senti muito idiota, egoísta e irresponsável. Vovô estava condenado a uma casa de repouso — seu pior medo. Desde o infarto, eu tinha me dedicado a ele, cuidado dele, praticamente parado a minha vida para ajudá-lo a evitar esse desfecho. Para quê?

E eu havia passado nossa última temporada natalina juntos antes de ele ficar confinado a um asilo vadiando com meu namorado maravilhoso.

Meu namorado maravilhoso! Que eu havia conduzido para uma busca inútil o dia todo!

Chorei. E Basil E. deixou que eu chorasse, sem me abraçar para me oferecer consolo.

— Bota pra fora — foi tudo o que ela disse.

— Por que você não está chorando também? — perguntei a ela entre fungadas.

— Porque isso só vai piorar as coisas — disse ela. — Então devemos nos animar, fazer uma cara simpática e seguir em frente.

— Seguir com o quê?

— Com a vida. Em todo o seu esplendor agridoce.

21h00

Um milagre finalmente aconteceu.

Neve. Não era uma grande tempestade, mas uma leve, suave e doce poeirinha. Enquanto eu caminhava sozinha de volta para a casa da Sra. Basil E. para poder passear com meu cachorro e dar comida para o gato do vovô, e depois cuidar dos cães dos meus clientes antes de voltar para o hospital, sentir a neve caindo aqueceu meu coração gelado. Coloquei minha língua para fora para prová-la. Agridoce, de fato. E um sinal bem-vindo de normalidade. Mas era a noite anterior ao dia geralmente mais emocionante do ano. Nada estava certo. Nada era normal.

Dash estava sentado na varanda da Sra. Basil E. quando cheguei. Dash! A bateria do meu celular tinha acabado uma hora atrás e eu desistira de tentar pedir mais desculpas a ele.

Ele estava usando um chapéu de pirata. Flocos de neve pontilhavam seu tapa-olho. Boris sentou-se ao lado dele. A visão mais bonita que eu já tinha testemunhado.

— Aaargh — disse Dash, e me puxou para seu peito. — Boris já passeou e Grunt já comeu — sussurrou ele no meu ouvido. — E sua lista de clientes desta noite já foi atendida.

Desculpe, eu não disse.

— Eu te amo tanto — disse eu.

Não dissemos mais nada. Nós apenas nos abraçamos. Ele acariciou meu cabelo enquanto eu apoiava minha cabeça no seu peito, agora envolto em um novo sobretudo de capitão do mar.

Eu podia sentir o contorno de um livro pressionando o bolso do sobretudo, e sabia que era o Moleskine que o havia guiado ao longo das missões inúteis do dia. De todas as pessoas que poderiam ter encontrado o caderno vermelho em meio aos outros milhões (e quilômetros) de livros na Strand no Natal anterior, Dash tinha sido o único a encontrá-lo por um motivo. Não sei o que vai acontecer entre nós dois no futuro, e espero lidar bem com o que vier, mas sei que, não importa o que aconteça, ele tinha sido atraído por aquele caderno porque o lugar dele é com a gente.

Ele é da família.

treze

–Dash–

Então é Natal...
Quinta-feira, 25 de dezembro

Boomer estava emburrado.

A família de Sofia havia feito questão de passar o Natal na Espanha, então ele estava sozinho de novo. Desesperado, ele tinha vindo ao apartamento da minha mãe para que pudéssemos ir juntos à festa da Sra. Basil E.

— Não se preocupe — disse a ele enquanto trancava a porta e saíamos. — Vai acabar em um piscar de olhos.

— Um piscar de olhos é um período de tempo muito curto — retrucou Boomer. Então ele piscou os olhos. — Viu?

Eu estava prestes a dizer a ele que estava ciente da duração usual de um piscar de olhos, mas então ele continuou:

— Mas acho que piscar é uma coisa legal, né? Porque, se você não fizesse isso, ficaria o tempo todo olhando fixamente. E seus olhos doeriam. Então talvez um piscar de olhos seja bom, se está falando metafisicamente.

— Acho que você quer dizer "metaforicamente" — corrigi.

— Não — disse Boomer, sério. — Quero dizer *"metafisicamente"*. Tudo é do jeito que é. Você pisca. Então você volta, e tudo está do jeito que era... exceto que algumas partes têm que ser um pouco diferentes. Mas esse piscar? É totalmente necessário.

Pensei sobre isso pelo restante do caminho: talvez Lily e eu tivéssemos acabado de passar por um piscar de olhos. Talvez nossos olhos estivessem abertos novamente. (Ou pelo menos um dos meus olhos estava aberto novamente... mas isso era mais uma coisa médica do que metafórica ou metafísica.)

Eu estava levando o presente de Natal de Lily. Havia comprado para ela as mais requintadas assadeiras de biscoitos que podiam ser encontradas na internet e usado o cheque de Natal do meu pai (enviado para a casa da minha mãe) para pagar aulas de culinária para ela no French Culinary Institute, em Downtown.

Eu tinha amarrado as assadeiras com um laço em vez de embrulhá-las, então não fiquei surpreso quando Boomer comentou:

— Acho muito legal você dar esses minitrenós para Lily. Vai ser incrível quando nevar. Vamos ter que ir ao parque!

— E o que você comprou para Sofia? — perguntei.

— Sei que quando ela voltar vai sentir saudade de casa, então peguei fotos de Barcelona na internet e coloquei em um porta-retratos digital, e depois também comprei um projetor, então ela vai poder ficar no quarto e imaginar que está em Barcelona.

Tentei me lembrar do último presente que tinha comprado para Sofia — acho que foi um ursinho de pelúcia Gund. Lily era a primeira namorada a quem eu dava presentes que não tinham sido adquiridos (ironicamente ou não) em uma loja de brinquedos.

— Como você se torna bom nessa coisa de namoro? — indaguei a Boomer.

Parte de mim não podia acreditar que eu estava perguntando aquilo a ele. Mas uma parte maior de mim realmente queria saber.

— Não acho que sou bom nisso — retrucou Boomer. — Mas, quando estou com Sofia, não fico pensando se sou bom ou não, e é isso que torna o momento bom. Então vou para casa e fico preocupado. Mas volto a ficar com ela e é bom novamente. Acho que namorar é isso.

A casa da Sra. Basil E. já estava cheia quando chegamos — reconheci somente alguns dos convidados. Acenei para os bibliotecários, que ergueram as taças em saudação. Já que eu não queria sobrecarregar Lily com as assadeiras de biscoitos imediatamente, eu as escondi atrás de uma estátua de Dame Judi Dench.

Boomer viu Yonni e saltitou até ele para dizer oi. Procurei por Lily, mas não consegui encontrá-la nem na sala de estar nem na sala de visitas.

Eu me senti meio bobo quando fui até a Sra. Basil E. para perguntar "Você viu minha namorada?". Felizmente, não precisei.

— Se você está procurando por Aquela Que Não Será Chamada De Ursinha Lily Mas Permanecerá Ursinha Lily Em Nossos Corações Teimosos E Amorosos, ela está na cozinha com meu irmão. Por favor, diga a eles para virem para cá e socializarem. Uma festa, assim como o corpo humano, entrará em rigor mortis sem a devida circulação.

Fui para a cozinha. Estava um pouco preocupado pensando em como o vovô estaria, depois do que Lily tinha me contado no dia anterior. Foi um alívio constatar que, embora ele tivesse permanecido sentado em vez de se levantar para apertar minha mão, o brilho em seus olhos ainda estava muito presente quando ele me viu entrar.

— Ora se não é o pirata Long Dash Silver! — exclamou ele, rindo. — Ela tinha me contado que a coisa estava ruim... mas, nossa, parece que você perdeu uma briga com um polvo. Espero que tenha pelo menos acertado alguns golpes.

— Atingi pelo menos quatro de seus tentáculos. Como está se sentindo?

— Afinado como um bom violino! Bem, como um violino que vem tocando há 84 anos seguidos. Mas ainda produzindo música! — Lenta, porém resolutamente ele se levantou da cadeira. — Agora vou deixar vocês dois conversarem. Sei que Inga está em algum lugar servindo os canapés, e eu iria até Canarsie para comer um deles.

Foi só quando o vovô saiu da cozinha que Lily falou:

— Isso me deixa tão triste...

— Eu sei — disse a ela. — Mas, se isso torna a vida dele melhor e ele está satisfeito, então sua tristeza é meio descabida.

Lily se encolheu diante dessas palavras, e sua reação me fez perceber como minhas palavras tinham soado mal.

Rapidamente tentei consertar.

— O que quero dizer é que... ele e a Sra. Basil E. são pessoas muito inteligentes. Sabem o que estão fazendo.

Lily ainda estava furiosa.

— Está dizendo que não sei o que estou fazendo?

— Argh! Não!

Lily se levantou da cadeira.

— Apenas ME PERMITA FICAR TRISTE. Por que ninguém *me permite ficar triste*?!

Respondi com cautela:

— Lily, você não precisa que ninguém te dê permissão para ficar triste. Fique triste. Fique feliz. Fique entusiasmada. Fique desanimada. Mas não ignore todos os outros. Nem quando você está feliz, nem quando está triste.

— Bem, me desculpe se você sente que estou *te ignorando*...
— Não!
— Você não entende. Ninguém mais vai morar na minha casa, Dash. Ninguém!
— Mas todos eles vão morar *em algum lugar*. Todos eles estarão próximos.
— Eu sei. Mas...
— Mas?
— Mas *eu não gosto disso*, certo? Não gosto de como tudo está mudando. É como quando você é criança e pensa que eventos como as festas de fim de ano servem para mostrar como as coisas sempre permanecem as mesmas, como você tem a mesma celebração ano após ano, e é por isso que é tão especial. Porém, quanto mais velho você fica, mais percebe que, sim, existem todos esses elementos que te conectam com o passado, e você está usando as mesmas expressões e cantando as mesmas músicas de sempre, mas a cada ano, as coisas mudaram, e você tem que encarar essa mudança. Porque pode ser que não a perceba todos os dias. Talvez só em dias como o de hoje você perceba mais. E eu sei que deveria ser capaz de lidar com isso, mas não tenho certeza se sou capaz. Como nós, Dash. Olhe para nós. Quero dizer, no começo, quando estávamos juntos, era como se o tempo não existisse, certo? Estávamos tão mergulhados no momento presente que nada nunca seria diferente — era tudo uma questão de descobrir, e não tanto de saber. Era tudo muito intenso e imediato, e acho que talvez eu tenha pensado, ok, é assim que é ter um namorado de quem eu gosto de verdade. E, depois, é assim que é ter um namorado que eu amo. Mas aí o tempo chega, e não é tão imediato, e não é tão intenso, e você não consegue deixar de

sentir que algo está se perdendo ali, certo? O mesmo acontece quando alguém se muda. Ou não está mais por perto. Talvez você esteja bem com essa coisa sendo perdida, Dash. Talvez você não se importe. Mas eu me importo, Dash. Eu me importo muito. Porque eu sinto com força. E não tenho ideia do que fazer sobre isso.

— Nem eu! — confessei. — Estou tentando há meses descobrir uma maneira de melhorar as coisas, Lily. E a única resposta que posso dar é dizer que existem algumas coisas que você não pode controlar, e o tempo é, tipo, o número um nessa lista. O número dois são as ações de outras pessoas. Eu vi meu pai destruir minha mãe... destruí-la completamente. E então vi os dois destruírem o casamento deles e a entidade que era a única coisa que eu conhecia como *família*. Sei que eu tinha apenas 8 anos, mas, mesmo que tivesse 18, não haveria nada que eu pudesse fazer além de me proteger. Eu queria fazer tudo ao meu alcance, mas aprendi que não era algo que coubesse a mim decidir. Mesmo agora. Não posso mudar meu pai. E eu quero, muito. Vou até admitir para você agora que uma das razões pelas quais quero mudar meu pai é porque sinto que, se eu puder mudar tudo o que há de errado com ele, talvez também possa mudar todas essas partes em mim. Isso não é assustador? Mas também não é natural querer isso?

— Você nunca me disse isso.

— Eu sei! Mas estou dizendo agora... estou te dizendo tudo agora... porque sei que existem todas essas coisas acontecendo com você e o que você sente é, como eu disse antes, de maneira errada, descabido. Você não pode parar o tempo. Você não pode deixar todo mundo saudável ou sempre apaixonado. Não pode. Mas você e eu... o que nós temos... é a única coisa sobre a qual *temos* controle. Essa é a única coisa que depende de nós. Existem momentos em que parece para mim que tudo depende de você. E tenho certeza de que existem momentos para você em que parece que tudo depende de mim. Mas temos que seguir em frente como se dependesse de *nós*, juntos. Sei que não é tão intenso ou imediato como costumava ser, mas isso significa apenas que, em vez de termos apenas um presente juntos, estamos tendo um passado, um presente e um futuro, tudo ao mesmo tempo.

Lily se acalmou então. Eu podia perceber. Ela não estava desistindo. Ela não estava cedendo, por si só. Mas ela estava entendendo. Eu sentia o mesmo. Por que não tínhamos tido aquela conversa antes?

Provavelmente porque não estávamos prontos antes.

— Não é justo — disse Lily, caminhando até mim. — Qual é a coisa que mais queremos com as pessoas que amamos? Tempo. E qual é a coisa mais assustadora sobre o desenrolar do amor? Tempo. A coisa que mais queremos é a coisa que mais tememos, eu acho. O tempo vai esgotar. Mas enquanto isso temos... tudo.

Ela me abraçou então, e eu a abracei de volta, e teríamos ficado daquele jeito por muito tempo se Inga, a moça do bufê, não tivesse entrado naquele momento.

— Juro que não estava ouvindo — disse ela, o que praticamente garantia que estava ouvindo. — Só preciso tirar os folhados de queijo do forno antes que se tornem carbonizados de queijo.

Enquanto caminhávamos pelo corredor para a festa, expliquei a Teoria do Piscar de Olhos de Boomer para Lily. Ela gostou.

— Tivemos nosso piscar — disse ela.
— Sim.
— E agora nossos olhos estão abertos.
— Ou olho.

— Ou olho.
— E inevitavelmente...
— Piscaremos de novo.
— Mas está tudo bem.
— Porque as coisas ficarão mais nítidas depois.
— Exatamente.

Chegamos à porta da festa. Amigos, familiares e estranhos se espalhavam diante de nós. Havia uma música na conversa deles; a estranha orquestração da boa companhia.

Peguei a mão dela.

— Vamos fazer isso — disse eu. — Tudo isso.

catorze

(Lily)

O presente de Lily Presente
Quinta-feira, 25 de dezembro

Era uma sensação estranha. Ainda havia muita tristeza para processar, mas mesmo assim eu sentia que era o melhor Natal da minha vida.

Todas as minhas pessoas favoritas reunidas na minha casa favorita no meu dia favorito do ano. Rindo. Conversando. Presenteando. Comendo. Bebendo.

E Edgar Thibaud em um canto, o cabeça de um grupo sentado em círculo ao redor dele, distribuindo um baralho para as crianças, ensinando-as a jogar pôquer.

— Você convidou Edgar Thibaud? — perguntou Dash.

— Foi o vovô.

Na verdade, o que o vovô disse foi: "Você não convidou Edgar Thibaud, convidou? Aquele arruaceiro lamentavelmente negligenciado me deu um "toca aqui" no centro de idosos e disse que me veria na festa de Natal da minha irmã, e que nós poderíamos nos reunir em volta da lareira e compartilhar uma garrafa de pinga com umas pinguças gostosas."

Estremeci ao me lembrar do meu avô repetindo as palavras vulgares de Edgar. Mas não consegui sustentar a mentira por mais de um segundo. Alterei minha declaração para Dash.

— Quero dizer, fui *eu*. Vovô sente pena de Edgar. Ele não tem ninguém no Natal.

— Por uma razão.

— Devemos abrir nossos corações aos oprimidos e aos canalhas — disse a Dash, e dei um aperto suave em sua mão. — É o espírito natalino.

— Edgar não recebeu uma cópia da Lista, recebeu?

Comecei a balbuciar um "nããão", mas Dash me interrompeu com um gesto. Ele se inclinou para mim e sussurrou:

— Devo me preocupar com seu fascínio por Edgar Thibaud? Você não olha para aquele bufão ridículo e se pergunta como seria beijá-lo, né?

A única sobrancelha visível de Dash estava arqueada, quase na altura do tapa-olho do outro lado, e seus lábios estavam levemente curvados para cima. Ele estava me provocando.

— Eu me pergunto — confessei. — Da mesma forma que me pergunto como seria dar uns amassos num orangotango pouco antes de ele ter diarreia.

— Obrigado. Agora perdi o apetite pelos canapés da Inga.

Dei um beijo nos lábios dele.

— Isto é melhor?

— É delicioso — disse Dash. — Tem gosto de biscoito de gengibre.

Meu namorado realmente sabia as palavras certas para me animar. Senti que deveria dar ao homem que ama a linguagem um presente de palavras em troca.

— Edgar gosta é de *turibulários* — afirmei.

— Do quê?

Dash riu.

— Ele adora se cercar de pessoas que vão bajulá-lo. Ele paga para fazerem isso, você sabe. Como os jogadores de xadrez no parque. Os *clubbers* coreanos. Provavelmente aqueles malandrinhos do ensino fundamental ali no chão.

— Edgar paga as pessoas para saírem com ele?

— Sim. Ele tem um rolo de notas de cinco nos bolsos da calça o tempo todo para esse propósito.

— Tudo faz sentido agora — disse Dash.

A Sra. Basil E. subiu em um banquinho e bateu com um talher em sua taça de champanhe.

— Atenção, meus caros amigos! — anunciou ela.

Em geral, em uma festa com tanta gente e tanta bebida em circulação, é preciso mais do que um pronunciamento para silenciar uma sala, mas a Sra. Basil E. obteve essa reação imediatamente. Ela continuou:

— Em primeiro lugar, obrigada por terem vindo esta noite. E feliz Natal!

— Feliz Kwanzaa, Sra. Orégano! — respondeu Boomer.

A Sra. Basil E. acenou com a cabeça para Boomer.

— Obrigada, Ricochet. — Ela moveu os olhos ao redor da sala para direcionar a multidão, pousando o olhar no vovô, sentado ao seu lado. — Como devem saber, tivemos a nossa cota de desafios este ano, e o próximo ano trará uma nova coleção deles. Então, somos gratos hoje, por sua amizade, por comemorar com vocês, por...

O vovô cutucou o tornozelo dela com a bengala.

— Deixe-me falar logo!

A Sra. Basil E. desceu do banquinho.

— Não precisa ser indelicado — repreendeu ela.

Vovô sorriu e se levantou. Ele disse:

— É uma tradição de muitos anos que, nas últimas horas desta festa de Natal, quando os adultos começam a cantar...

— E cantar e cantar e cantar — reclamaram seus muitos sobrinhos e sobrinhas, intrometendo-se.

Vovô continuou:

— Sim, e cantar mais ainda, e os mais novos ficam exaustos e doidos para irem para casa dormir, os adultos ganham mais tempo para si mesmos colocando um filme no porão para as crianças assistirem e caírem no sono.

— *O mágico de Oz!* — disse Kerry-prima.

— *A noviça rebelde!* — disse o primo Mark.

— *Make the Yuletide Gay!* — gritou Langston.

— Qual é este? — indagou a Sra. Basil E., parecendo escandalizada; um filme de Natal do qual ela nunca tinha ouvido falar!

— Brincadeirinha — disse Langston. — Esse era no pós--pós-festa. Para aqueles que conseguiam ficar acordados até tão tarde.

— Bem, este ano temos uma surpresa especial — disse vovô. Seu olhar pousou com carinho em mim. — Lily, se você me acompanhar ao andar de baixo, meu presente de Natal para você está lá. Aqueles que querem assistir a um filme, por favor, juntem-se a nós. Aqueles que não querem, não venham! Continuem se divertindo aqui. — Ele olhou para Edgar Thibaud e sacudiu a bengala para ele. — Quaisquer ganhos em jogos de azar esta noite serão doados para o centro de idosos.

Edgar riu. Acho que ele nunca tinha recebido ordens de ninguém a não ser de um juiz. Os olhares horrorizados de muitos convidados fizeram Edgar Thibaud perceber que o vovô falava sério. Edgar deu de ombros e disse:

— Tudo bem, é justo.

Um milagre de Natal! Generosidade!

Alguns primos começaram a se dirigir ao porão enquanto Dash e eu ficamos ao lado do vovô para levá-lo em direção às escadas e depois ajudá-lo a descer.

— Você sabia disso? — perguntei a Dash.

Parecia estranho interromper a festa tão cedo com um filme. Eu esperava que fosse um velho filme caseiro convertido em DVD do vovô e seus irmãos quando crianças.

— Foi tudo uma grande conspiração — disse Dash.

Quando chegamos ao apartamento do porão, que a Sra. Basil E. mantinha como reduto masculino para os membros da família durante as temporadas de futebol e futebol americano, com um bar e uma televisão enorme (ela não permitia TVs em nenhum outro cômodo da casa), a TV já estava ligada, com a tela vazia. O bar tinha sido decorado como uma lanchonete de cinema, com uma máquina de pipoca e uma vitrine com doces de chocolate como M&M's, Milk Duds, Junior Mints e uma prateleira inteira com meus favoritos — Sno-Caps — em camadas na forma de uma árvore de Natal.

Se eu tinha alguma dúvida sobre o que estávamos prestes a assistir, ela foi dissipada quando o lençol que cobria um totem de papelão em tamanho real ao lado da TV foi removido. Era Helen Mirren como a frágil e idosa Bess, usando um lenço de seda amarrado sob o queixo e segurando seu Corgi no filme, Scrumpet!

— O QUÊ?! — gritei, com a mesma potência de decibéis de uma adolescente ganhando um show particular da maior boy-band do mundo.

— Xiu, Escandalily! — gritou Langston de algum lugar no meio da multidão.

Meu coração batia tão rápido que pensei que fosse morrer de felicidade.

— Como? — perguntei ao vovô.

Ele disse:

— O meu amigo, que você conhece como senhor Panavision, recebe essas bugigangas adoráveis porque é um membro votante da associação na temporada de premiações. Ele me ajudou a conseguir a cópia do filme e o totem promocional. Mas o Sr. Panavision me disse que isso é uma propriedade intelectual preciosa, e o FBI será chamado se a cópia for parar nas mãos de criminosos, *então ninguém dê a Edgar Thibaud nem o deixe descer aqui.*

Mamãe completou:

— A lanchonete de cinema é o nosso presente, querida.

— Eu montei os Sno-Caps — afirmou Dash.

— Muito mal — alfinetou Langston. — Parece mais uma pilha de cocô.

Apesar de tudo o que estava errado no mundo — guerra, aquecimento global, vovô tendo que se mudar para uma casa de repouso, a casa da minha família sendo desmantelada e provavelmente vendida —, havia muita coisa certa. Meu irmão e meu namorado implicando um com o outro. Meu pai comendo a maioria dos Reese's Pieces antes que os outros convidados pudessem pegá-los. A Sra. Basil E. recebendo a atenção de um mar de convidados. O cheiro de pipoca. Meu avô me abraçando. Todas as pessoas que eu mais amava reunidas em uma sala, para assistirem a uma rainha e seu cachorro.

Eu tinha pensado que meu encontro dos sonhos seria ver o filme só com Dash em uma sala de cinema exclusiva. Aquele porão era muito melhor. Aquelas pessoas eram meu clã. Feliz Natal, Lily. Sua Alteza.

Eu amei o filme. Eu amei a festa.

Mas... prioridades.

Após 87 minutos vendo Scrumpet, aquela preciosidade, na tela, eu precisava me reunir com meu cachorro, *imediatamente*.

De fato o comportamento de Boris havia melhorado ao longo do ano — ele tinha reduzido a incidência de derrubar um humano no chão a uma ou duas vezes por mês, mas ainda não estava acostumado com grandes festas, então tinha ficado no meu apartamento durante a festa de Natal. Assim, Dash e eu nos despedimos mais cedo da Sra. Basil E. depois do filme para que pudéssemos passear com ele e eu pudesse enfiar a minha cara em seu pelo bestial.

Depois de passearmos com ele e eu chorar, dizendo a Boris como o amava e ficaria honrada em me perder na floresta densa ao redor do Castelo de Balmoral com ele, Dash e eu voltamos para o apartamento para que eu pudesse entregar a meu namorado e meu cachorro seus presentes de Natal. Primeiro, dei a Boris um brinquedo de mastigar que ele trucidou um minuto depois de receber. Em um momento, era um boneco Donald Trump perfeitamente bom. No minuto seguinte, era uma peruca voadora e partes do corpo desmembradas.

— Isso foi lindo, Boris — disse Dash, acariciando a cabeça do cachorro satisfeito. Então Dash se agachou para encarar Boris na altura dos olhos. Usando sua voz mais majestosa de Helen Mirren para entoar a frase de efeito de *Corgi & Bess*, Dash lembrou a Boris: — "Sempre mastigue com dignidade, querido Scrum."

Meu presente de Natal para Dash provavelmente faria com que eu perdesse a *minha* dignidade, mas tentei reunir coragem para seguir em frente. Antes, dei a ele a parte fácil do seu presente. Nós nos sentamos ao lado de Oscar, e catei embaixo da árvore o primeiro presente de Dash. (Roubando um beijo, ou cinco, de Dash enquanto isso.)

Peguei o gorro de Papai Noel que comprei com o vale-presente de 21,12 dólares de Dash e o coloquei na cabeça dele.

— Adivinhe — disse.

Dash Noel ergueu o presente e o sacudiu.

— Um saleiro? — perguntou. Tinha obviamente o tamanho e o formato de um livro. — Aquele Snuggie que você sabia que o Papai Noel pediu para si mesmo? Porque o Papai Noel já não tem coisas fofas e quentes o suficiente em sua vida? — Ele olhou para Boris. — Não estou falando de você, seu chorão. Tenho um fraco pela rena Prancer, como sabe. Sem querer ofender.

Boris lambeu o tornozelo de Dash, nem um pouco ofendido.

— Abra — ordenei.

Dash removeu o papel de presente com cuidado e o colocou ao seu lado para reutilizá-lo. Meu pedaço de mau caminho ecologicamente consciente.

— É um livro! — gritou Dash, com toda a emoção de ter ganhado um carro novo. — Não acredito.

Então ele deu uma olhada mais de perto no livro: era *Um conto de Natal*, mas não qualquer edição. Aquele exemplar tinha a capa de tecido vermelho com estampagem cega e letras, ilustração e pintura lateral douradas.

— Lily! Esta não é uma primeira edição, é?

— Quem dera! Eu queria comprar uma para você, mas custa cerca de trinta mil dólares, e a senhora Basil E. disse que, se eu quisesse seguir em minha trajetória para me tornar uma magnata, deveria ser mais frugal. Portanto, esta é uma réplica exata da primeira edição de 1843. Não o livro verdadeiro. Mas é menos empoeirado e provavelmente menos propenso a ser um portador de germes de um século e meio. E a um preço bem mais razoável.

Dash apertou o livro no peito e disse:

— Eu amei!

Eu me inclinei para dar um beijinho em seu tapa-olho. E então entreguei a ele outro presente.

— Esta foi uma compra por impulso na Strand. Da sala de livros raros.

Ele abriu o segundo presente.

— *A ilha do tesouro!* — exclamou.

— Primeira edição autêntica, com ilustrações — informei com orgulho. — Para o meu pirata favorito.

— *Aaargh!* — gritou meu pirata.

— Tem mais — informei.

— Livros nunca são demais!

— Não são livros. O outro presente é algo... que você tem que ver.

Era naquele momento que eu precisava da minha coragem. E da esperança de que ele tivesse a dignidade de não rir quando eu me tornasse a versão mais vulnerável e possivelmente mais idiota que já assumi — um desafio nada pequeno.

Dash esperou do lado de fora do meu quarto enquanto eu me trocava. Então abri a porta e invoquei uma frase de um dos livros que eu tinha lhe dado:

— Venha me conhecer melhor, amigo!

Dash riu, reconhecendo a citação de *Um conto de Natal*, e entrou com cautela.

— Por que tanto segredo? — indagou.

Respirei fundo e abri a porta toda para que ele pudesse ver. Ele arquejou, não de desgosto, mas de surpresa.

— Você é o presente da Lily Presente! — disse ele.

Ele acertou! *Ding, ding, ding!*

Não era uma lingerie chique, mas eu me sentia tão indecente como se fosse. Estava usando roupas íntimas vermelhas compradas pela internet em uma loja de roupas femininas à moda antiga: calções tradicionais vitorianos — que lembravam calças capri folgadas com acabamento em renda de crochê abaixo do joelho —, um cordão na cintura e um espartilho vermelho cobrindo meu peito. Pelos padrões modernos, eu estava vestida demais. Pelos padrões de Lily, eu estava praticamente nua. Não estava nem de óculos.

— Acha que a senhora Cratchit seria assim por baixo do vestido? — perguntei a Dash, tímida.

Por que eu estava tão longe do interruptor de luz? Eu queria apagar a luz imediatamente!

— Acho que está mais para a senhora Fezziwig. Ela dava grandes festas. Assim como você.

— Ela também mutilou bibliotecários?

— Só quando o senhor Fezz foi patinar no gelo.

Houve uma pausa constrangedora. Eu tinha a lingerie. Agora, o que deveríamos fazer com ela?

— Venha aqui, Lily Presente — disse Dash.

Meu pirata me puxou para si. Ele me beijou. E me beijou e me beijou e me beijou. Lentamente. Profundamente. Poderosamente.

Ele entrou de vez no meu quarto, e eu arranquei o gorro de Papai Noel de Dash de sua cabeça, passando minhas mãos em seu cabelo, dando mais beijos em sua testa, suas bochechas, seus lindos lábios.

— Papai Noel definitivamente sente o próprio rosto — murmurou Dash.

Então ouvimos meus pais tropeçarem no saguão, bêbados e risonhos.

— Devemos ir ver como ela está? — perguntou meu pai.

— Você sabe que ela adormece antes da meia-noite todo Natal — disse mamãe. — Nunca consegue ficar acordada depois de toda a agitação do dia.

Nós os ouvimos cambalear até a porta do quarto deles.

Fui em direção à porta do meu próprio quarto, supondo que Dash concluiria nossa sessão de amassos e voltaria para a própria casa agora que meus pais estavam por perto.

Em vez disso, Dash disse:

— Feche a porta, Lily.

A porta ficou fechada por menos de um minuto antes de se abrir novamente, sem nenhuma batida para precedê-la.

Papai jogou o chapéu de três pontas de Dash no quarto e disse:

— Boa-noite, Jack Sparrow.

— Não precisa *spernear* — retrucou Dash.

— Ótimo — disse papai. — Agora vá para casa.

Acompanhei Dash até o vestíbulo e dei-lhe um beijo de boa noite.

— Sabe qual é a melhor coisa que o verdadeiro amor pode te dar? — perguntei a ele.

— O quê? — disse Dash.

— O amor verdadeiro.

Ele me beijou uma última vez, colocou o chapéu de pirata na cabeça, piscou o olho sem tapa-olho para mim e foi embora.

Eu não estava nem um pouco cansada, e tinha aquelas lindas assadeiras de biscoito novas que Dash havia me dado. Hora de começar a usá-las.

Faltam apenas 364 dias para o próximo Natal!

Agradecimentos

Agradecemos, como sempre, à nossa família e amigos.

Obrigado a Jennifer Rudolph Walsh, Bill Clegg, Alicia Gordon e todos da WME e da Clegg Agency.

Obrigado a Nancy Hinkel, como sempre, por fazer ser editado parecer um feriado. Obrigado a muitas, muitas pessoas da Random House Children's Books que deram um lar maravilhoso para nossos livros, incluindo (mas de forma alguma exclusivamente) Stephen Brown, Jennifer Brown, Melanie Cecka, BarbaraMarcus, Mary McCue, Adrienne Waintraub, Laura Antonacci, e Lisa Nadel. E obrigado a Egmont, e todos os nossos editores internacionais pelo seu apoio.

Finalmente, agradecemos a todos que nos disseram o quanto Dash e Lily significaram para eles ao longo dos anos. Este livro não existiria sem vocês.

Este livro foi composto na tipografia Berling LT Std,
em corpo 10/14,5, e impresso em
papel off-white no Sistema Cameron da
Divisão Gráfica da Distribuidora Record.